Tschingis Aitmatow
Der weiße Dampfer

Suhrkamp

Titel der Originalausgabe:
После сказки (Белый параход)
Aus dem Russischen nach der 1970 im Verlag Molodaja Gwardija, Moskau, erschienenen Buchausgabe übersetzt von
Hans-Joachim Lambrecht
Worterklärungen am Schluß des Bandes

suhrkamp taschenbuch 51
Vierte Auflage, 32.–39. Tausend 1978

Druck: Ebner, Ulm · Printed in Germany
Umschlag nach Entwürfen
von Willy Fleckhaus und Rolf Staudt

suhrkamp taschenbuch 51

Tschingis Aitmatow wurde 1928 im Dorf Sheker, Kirgisien, geboren. Mit fünfzehn war er Sekretär des Dorfsowjets in Sheker. Genau in dieser Zeit spielt »Dshamilja«, die Erzählung, von der Aragon schrieb, es sei »die schönste Liebesgeschichte der Welt« (Bibliothek Suhrkamp). 1946 studierte er auf der Technischen Hochschule in Dshambul Veterinärmedizin. Nach dreijähriger Arbeit auf dem Experimentiergut des Wissenschaftlichen Viehzuchtforschungsinstituts von Kirgisien geht Aitmatow 1956 bis 1958 an das Literatur-Institut »Maxim Gorki« nach Moskau. Aitmatows Name repräsentiert – auch in der westlichen Welt – die beste zeitgenössische Sowjetliteratur.

Das eine Märchen erlebte der Junge mit Hilfe seines Fernglases. Durch das Glas hindurch suchte er immer wieder in der Ferne den weißen Dampfer: Einer der Matrosen mußte sein Vater sein. Und um zum weißen Dampfer zu gelangen, wollte er sich in einen Fisch verwandeln. Das andere Märchen war die Geschichte von der Gehörnten Weißen Hirschmutter, das der Großvater immer wieder erzählte.

In der Zeit einer neuen aufgeklärten Gesellschaft hat sich irgendwo in tiefster kirgisischer Bergeinsamkeit der Märchenglaube erhalten. Mit großer poetischer Eindringlichkeit und deutlich spürbarem Verständnis für die Menschen, die eine Zuflucht finden, erzählt Aitmatow, ohne das tragische Ende, die Zerstörung des vermeintlichen Schönsten, aufhalten zu können.

Der weiße Dampfer

I

Er hatte zwei Märchen. Das eine war sein eigenes, von dem niemand wußte. Das andere pflegte der Großvater zu erzählen. Am Ende blieb kein einziges. Davon soll hier die Rede sein.

Sieben war er geworden, und sein achtes Lebensjahr hatte eben begonnen.

Zuerst wurde eine Schulmappe gekauft. Eine schwarze Kunstledertasche mit glänzendem Metallschloß, das klakkend in eine Klammer geschoben wurde. Mit einer aufgesetzten Tasche für kleine Gegenstände. Kurz, eine außergewöhnliche und zugleich die gewöhnlichste Schulmappe der Welt. Damit hatte wohl alles begonnen.

Der Großvater hatte sie in dem Verkaufsauto erstanden. Das Verkaufsauto, das die Viehzüchter in den Bergen mit Waren besuchte, kam hin und wieder auch zu ihnen in die Försterei, in die San-Tasch-Schlucht.

Von hier, von der Försterei, bis zum Oberlauf des Flusses hin stieg über Böschungen und Schluchten ein unter Naturschutz stehender Gebirgswald in die Höhe. In der Försterei wohnten nur drei Familien. Trotzdem kam das Verkaufsauto von Zeit zu Zeit auch zu ihnen.

Da er der einzige Junge auf den drei Höfen war, bemerkte er den Verkaufszug immer als erster.

»Er kommt!« schrie er und rannte zu den Türen und Fenstern. »Der Autoladen kommt!«

Der Fahrweg führte vom Issyk-Kul-See hierher, lief durch Schluchten und am Flußufer entlang, ständig über Steine und Schlaglöcher. Es war nicht gerade leicht, einen solchen Weg zu fahren. Bis zum Karaulberg stieg er vom Grunde eines Hohlwegs bergan und senkte sich dann über einen hohen kahlen Steilhang zu den Höfen der Forstleute hinab. Der

Karaulberg lag gleich nebenan – im Sommer rannte der Junge fast jeden Tag hinauf, um durchs Fernglas auf den See zu schauen. Und dort auf dem Weg war immer alles wie auf dem Präsentierteller zu sehen – Fußgänger, Reiter und erst recht ein Auto.

Diesmal – es war an einem heißen Sommertag – badete der Junge gerade in seinem Planschbecken und sah von hier aus das Auto staubwirbelnd den Steilhang herunterrollen. Das Planschbecken lag am Rande einer Flußsandbank auf Geröllgrund. Der Großvater hatte es aus Steinen gebaut. Hätte es dieses Planschbecken nicht gegeben, wer weiß, vielleicht wäre der Junge schon längst nicht mehr am Leben. Und, wie die Großmutter sagte, der Fluß hätte längst seine Knochen fortgeschwemmt und in den Issyk-Kul getragen, wo Fische und allerlei Wassergetier sie betrachten würden. Und niemand würde ihn suchen und sich seinetwegen grämen, denn wozu war er ins Wasser gegangen, und außerdem würde ihn auch keiner sonderlich vermissen. Bis jetzt war das nicht geschehen. Wenn es geschähe, wer weiß, vielleicht würde sich die Großmutter wirklich nicht beeilen, ihn zu retten. Ja, wenn er richtig mit ihr verwandt wäre, doch er sei ja, sagte sie, ein Fremder. Und ein Fremder bleibe immer ein Fremder, wie man ihn auch füttere und umhege. Ein Fremder ... Wie aber, wenn er kein Fremder sein wollte? Warum sollte gerade er ein Fremder sein? Vielleicht war nicht er, sondern die Großmutter eine Fremde?

Doch davon später, und auch von Großvaters Planschbekken später ...

Er sah also das Verkaufsauto den Berg herunterfahren und Staubwolken hinter sich herziehen. Er freute sich so sehr, als wüßte er, daß er eine Schulmappe geschenkt bekommen würde. Sogleich sprang er aus dem Wasser, zog schnell die Hosen über die mageren Schenkel und rannte, noch ganz naß und blaugefroren – das Wasser im Fluß war kalt –, den

Pfad zum Hof entlang, um als erster den Verkaufszug anzukündigen.
Der Junge lief flink, sprang über Stauden und wich Feldsteinen aus, wenn sie ihm zu groß waren, und nirgends verweilte er auch nur für eine Sekunde – weder bei den hohen Gräsern noch bei den Steinen, obwohl er wußte, daß sie durchaus keine gewöhnlichen Steine waren. Sie konnten beleidigt sein und sogar ein Bein stellen. »Das Verkaufsauto ist da. Ich komm später«, rief er in vollem Lauf dem »liegenden Kamel« zu – so nannte er den rötlich buckligen Granitstein, der bis zur Brust in die Erde eingesunken war. Sonst ging der Junge nie vorbei, ohne seinem »Kamel« auf den Höcker zu klopfen. Er beklopfte ihn mit der Geste des Besitzers, so, wie der Großvater dem Wallach mit dem gestutzten Schwanz einen Klaps gab – lässig, im Vorbeigehen: Warte du, hieß das, ich hab was zu erledigen. Der Junge hatte auch einen »Sattel«, einen halb weißen, halb schwarzen scheckigen Feldstein mit einer Mulde, auf der er rittlings sitzen konnte wie auf einem Pferd. Da war auch der Stein »Wolf«, ein graubrauner Findling mit mächtigem Nacken und klobigem Schädel. Ihn beschlich er gewöhnlich auf allen vieren und legte auf ihn an. Sein Lieblingsstein aber war der »Panzer«, ein unzerstörbarer Felsblock direkt am unterspülten Flußufer. Es schien, als würde der »Panzer« jeden Augenblick vom Ufer losfahren und als würde der Fluß aufschäumen und weißbrodelnde Wellen schlagen. Im Kino fahren Panzer doch meistens so: vom Ufer ins Wasser – und los geht's. Der Junge sah selten Filme, deshalb behielt er das Gesehene lange im Gedächtnis. Der Großvater brachte den Enkel zuweilen ins Kino der Sowchoszuchtfarm in der Nachbarsiedlung hinter dem Berg. Deshalb war am Ufer auch der »Panzer« aufgetaucht, ständig bereit, über den Fluß zu setzen. Und da waren noch andere Steine – »bösartige« oder »gute« und sogar »schlaue« und »dumme«.

Unter den Pflanzen gab es auch »befreundete«, »kühne«, »ängstliche«, »böse« und alle möglichen anderen. Die Stacheldistel zum Beispiel war sein Hauptfeind. Der Junge kämpfte mit ihr dutzendmal am Tage. Doch ein Ende dieses Krieges war nicht abzusehen – die Distel wuchs immer wieder nach und vermehrte sich. Die Feldwinden dagegen, obwohl auch Unkraut, waren die klügsten und lustigsten Blumen. Sie begrüßten morgens die Sonne schöner als alle anderen. Die anderen Kräuter verstanden überhaupt nicht, was das war, Morgen oder Abend, ihnen war alles gleich. Die Winden hingegen öffneten sogleich die Augen und lachten, kaum daß die Sonnenstrahlen sie erwärmten. Zuerst ein Auge, dann das zweite – nacheinander gingen bei den Winden alle Blüten auf. Weiße, hellblaue, fliederfarbene, verschiedenartige... Und wenn man ganz still bei ihnen saß, schien es, als flüsterten sie nach dem Erwachen unhörbar. Auch die Ameisen wußten das. Morgens liefen sie auf den Winden umher, blinzelten in der Sonne und horchten, was die Blüten miteinander sprachen. Vielleicht erzählten sie sich ihrc Träume?

Am Tage, gewöhnlich zur Mittagszeit, kroch der Junge gern in die vielstengligen Estragonstauden. Der Estragon ist hoch, Blüten hat er nicht, doch er duftet, er wächst an bestimmten Stellen haufenweise und läßt keine anderen Kräuter nahe heran. Die Estragonstauden sind treue Freunde. Besonders wenn man gekränkt worden ist und weinen möchte, ohne daß es jemand sieht, kann man sich im Estragongebüsch am besten verstecken. Es duftet wie am Rande eines Kiefernwaldes. Heiß und still ist es im Estragon. Und die Hauptsache – er verdeckt nicht den Himmel. Du mußt dich auf den Rücken legen und in den Himmel schauen. Anfangs ist durch die Tränen fast nichts zu erkennen. Aber dann kommen Wolken angeschwommen und machen oben alles, was du dir ausdenkst. Die Wolken wissen, daß du es schwer hast, daß du weggehen oder wegfliegen möchtest, damit dich niemand findet und später alle seufzen und wehklagen: Der Junge ist verschwunden, wo sollen wir ihn jetzt suchen? Damit das nicht geschieht, damit du nicht verlorengehst, damit du still liegst und dich am Anblick der Wolken ergötzest, verwandeln sie sich in alles, was du dir immer wünschst. Aus ein und derselben Wolke werden die verschiedensten Dinge. Du brauchst nur zuzuschauen, was die Wolken darstellen.

Ja, im Estragon ist es still, und er verdeckt nicht den Himmel. So ist er, der Estragon, der nach heißen Kiefern duftet...

Und noch so allerlei wußte der Junge von den Kräutern. Das silbrige Reihergras auf der bei Hochwasser überschwemmten Wiese behandelte er herablassend. Die Reihergrashalme sind Sonderlinge! Windige Geister. Ihre weichen, seidigen Rispen können ohne Wind nicht leben. Sie warten nur ab, wohin der Wind weht, schon verneigen sie sich dorthin, alle wie einer, die ganze Wiese, wie auf Kommando. Aber wenn es regnet oder gewittert, wissen die Reihergrashalme nicht, wo sie hin sollen. Dann werfen sie sich hin und her, fallen um, schmiegen sich an die Erde. Wenn sie Beine hätten, würden sie wohl spornstreichs davonlaufen... Doch sie verstellen sich nur. Kaum ist das Gewitter vorbei, sind sie schon wieder im Wind – wo er hinweht, dorthin verbeugen auch sie sich...

Allein, ohne Freunde, lebte der Junge im Kreis der einfachen Dinge, die ihn umgaben, und nur das Verkaufsauto konnte ihn dazu bringen, daß er alles vergaß und Hals über Kopf zu ihm hinstürzte. Klar, ein Verkaufsauto ist was anderes als irgendwelche Steine und Kräuter. Was gibt es dort nicht alles!

Als der Junge zu Hause ankam, fuhr das Verkaufsauto bereits von der Rückseite der Häuser her auf den Hof. Die Häuser standen in der Försterei mit dem Gesicht zum Fluß,

der Vorgarten senkte sich sanft zum Ufer hinunter, und auf der anderen Seite des Flusses stieg der Wald vom ausgewaschenen Steilufer bis hoch zu den Bergen an, so daß es nur eine Anfahrt zur Försterei gab – von hinten her. Wäre der Junge nicht zur rechten Zeit gekommen, so hätte niemand gewußt, daß das Verkaufsauto schon da war.
Von den Männern war zur Stunde keiner da, sie waren alle seit dem Morgen unterwegs. Die Frauen waren mit Hausarbeit beschäftigt. Doch da schrie der Junge, als er die weit geöffneten Türen erreichte: »Es ist da! Das Verkaufsauto ist da!«
Das scheuchte die Frauen auf. Sie beeilten sich, das versteckte Geld zu suchen, und stürzten, einander überholend, heraus. Die Großmutter lobte ihn sogar: »Wie scharfsichtig er ist!«
Der Junge fühlte sich geschmeichelt, als habe er selbst das Verkaufsauto hergebracht. Er war glücklich, daß er die Neuigkeit verkündet hatte, daß er mit ihnen auf den Hof hastete, sich mit ihnen an der offenen Tür des Lieferwagens drängte. Doch hier vergaßen die Frauen ihn sofort. Für sie war er jetzt uninteressant. Da gab es so viele Artikel, daß man nicht wußte, wo man hinsehen sollte. Drei Frauen waren es: die Großmutter, Tante Bekej, die Schwester seiner Mutter und Frau des wichtigsten Mannes in der Försterei, des Forstwarts Oroskul, und die Frau des Hilfsarbeiters Sejdachmat, die junge Guldshamal, mit ihrem Töchterchen auf dem Arm. Alles in allem nur drei Frauen. Aber sie waren so geschäftig, suchten und wühlten so viel in den Waren herum, daß der Verkäufer sie auffordern mußte, der Reihe nach einzukaufen und nicht alle durcheinanderzuschnattern.
Seine Worte hatten jedoch keine große Wirkung auf die Frauen. Erst nahmen sie alles in die Finger, wählten dann aus, gaben Ausgesuchtes wieder zurück. Sie legten beiseite,

probierten an, zankten, zweifelten und fragten dutzendmal ein und dasselbe. Dies gefiel ihnen nicht, das war zu teuer, jenes hatte nicht die richtige Farbe ... Der Junge stand daneben. Ihm wurde es langweilig. Das Gefühl, etwas Ungewöhnliches würde geschehen, war verschwunden ebenso wie die Freude, die er beim Erscheinen des Verkaufsautos auf dem Berg empfunden hatte. Das Verkaufsauto hatte sich plötzlich in ein gewöhnliches Auto verwandelt, mit einem Haufen Trödel vollgestopft.

Der Verkäufer schaute finster drein: Es sah nicht so aus, als wollten die Weiber etwas kaufen. Warum war er in diese fernen Berge gefahren?

So kam es auch. Die Frauen zogen sich allmählich zurück, ihr Feuereifer ließ nach, sie schienen müde geworden. Sie begannen sich sogar zu rechtfertigen – sei es voreinander, sei es vor dem Verkäufer. Die Großmutter klagte als erste, sie habe kein Geld. Und ohne Geld könne man nichts kaufen. Tante Bekej mochte sich ohne ihren Mann nicht zu einem großen Kauf entschließen. Tante Bekej ist die unglücklichste Frau der Welt, weil sie keine Kinder hat, deswegen schlägt Oroskul sie, wenn er betrunken ist; auch der Großvater leidet darunter, denn Tante Bekej ist seine Tochter. Tante Bekej nahm ein paar Kleinigkeiten und zwei Flaschen Wodka. Unbedacht und unnötigerweise – dadurch wurde es nur noch schlimmer für sie. Die Großmutter konnte nicht an sich halten.

»Warum beschwörst du selber das Unheil über dich herauf?« zischte sie leise, damit es der Verkäufer nicht hörte.

»Weiß ich selbst«, antwortete Tante Bekej kurz.

»Närrin«, flüsterte die Großmutter noch leiser, aber schadenfroh. Wenn der Verkäufer nicht gewesen wäre, hätte sie Tante Bekej sogleich ausgeschimpft. Sie zankten sich doch immer ...

Die junge Guldshamal rettete die Situation. Sie erklärte dem

Verkäufer, ihr Sejdachmat wollte bald in die Stadt fahren und werde dort Geld brauchen, weshalb sie jetzt keins ausgeben dürfe.
So standen sie noch eine Weile neben dem Verkaufsauto, kauften »Groschenware«, wie der Verkäufer sagte, und gingen in ihre Häuser. Ist das etwa ein Handel! Er spuckte den Weibern hinterher und ordnete die durchwühlten Waren, um sich ans Steuer zu setzen und abzufahren. Da bemerkte er den Jungen.
»Was ist mit dir, Langohr?« fragte er. Der Junge hatte abstehende Ohren, einen dünnen Hals und einen großen runden Kopf.
»Willst du was kaufen? Dann beeil dich, sonst mach ich zu. Hast du Geld?«
Der Verkäufer fragte nur so aus Langerweile, doch der Junge antwortete ehrerbietig: »Nein, Onkel, ich hab kein Geld«, und er schüttelte den Kopf.
»Ich denke aber, du hast doch Geld«, entgegnete der Verkäufer mit gespieltem Mißtrauen und in gedehntem Tonfall. »Ihr seid hier alles reiche Leute, ihr tut doch bloß, als wäret ihr arm... Was hast du denn da in der Tasche, etwa kein Geld?«
»Nein, Onkel«, erwiderte der Junge aufrichtig und ernsthaft und kehrte die zerrissene Tasche um. (Die andere Tasche war zugenäht.)
»Dann ist dein Geld herausgefallen. Such mal da, wo du gewesen bist, wirst es schon finden.«
Sie schwiegen eine Weile.
»Zu wem gehörst du?« fragte der Händler. »Zum alten Momun, ja?«
Der Junge nickte.
»Bist du sein Enkel?«
»Ja«, der Junge nickte wieder.
»Und wo ist deine Mutter?«

Der Junge sagte nichts. Darüber mochte er nicht sprechen.
»Läßt sie gar nichts von sich hören, deine Mutter? Das weißt du wohl selbst nicht, was?«
»Nein.«
»Und vom Vater weißt du auch nichts?«
Der Junge schwieg.
»Du weißt ja überhaupt nichts, mein Lieber«, warf ihm der Verkäufer scherzhaft vor. »Na schön, wenn's so ist. Da nimm.« Er holte eine Handvoll Bonbons hervor. »Und mach's gut.«
Der Junge genierte sich.
»Nimm nur, nimm. Nicht so schüchtern. Ich muß fahren.«
Der Junge steckte die Bonbons in die Tasche und nahm sich vor, dem Auto hinterherzulaufen, um es auf den Weg zu geleiten. Er rief Baltek zu sich, den furchtbar faulen zottigen Hund. Oroskul drohte fortwährend, ihn zu erschießen: Wozu sollte man einen solchen Hund halten! Doch der Großvater bat ihn immer wieder, noch zu warten: Er meinte, sie müßten einen Schäferhund anschaffen und Baltek irgendwo hinbringen und dalassen. Baltek hatte keine Lust, etwas zu tun: Wenn er satt war, schlief er, wenn er hungrig war, schmeichelte er sich dauernd bei irgendwem ein, wahllos, bei seiner Herrschaft ebenso wie bei Fremden, wenn man ihm nur etwas hinwarf. So einer war er, der Baltek. Aber manchmal lief er aus Langerweile den Autos nach. Freilich nicht weit. Sobald das Auto schneller fuhr, kehrte er sofort um und trottete nach Hause. Ein unzuverlässiger Hund. Aber trotzdem war es hundertmal besser, mit einem Hund zu laufen als ohne einen Hund. Er mag sein, wie er will, er ist eben ein Hund...
Heimlich, damit es der Händler nicht sah, warf der Junge Baltek einen Bonbon hin. »Paß auf«, bereitete er ihn vor, »wir werden lange laufen.« Baltek winselte und wedelte mit dem Schwanz: Er erwartete noch einen Bonbon. Der Junge

wollte ihm jedoch keinen mehr hinwerfen: Das hätte den Mann beleidigen können, der die Handvoll nicht für den Hunde gegeben hatte.
In diesem Augenblick erschien der Großvater. Der Alte ritt immer zum Bienenstand. Von dort aus war nicht zu sehen, was sich hinter den Häusern tat. Diesmal kam er rechtzeitig zurück, bevor das Verkaufsauto abfuhr. Ein Zufall. Sonst hätte sein Enkel keine Tasche bekommen. Der Junge hatte an diesem Tag Glück.
Der alte Momun, den kluge Leute den Rührigen Momun nannten, war in der ganzen Gegen bekannt und kannte selber alle Welt. Den Beinamen hatte er wegen seiner gleichbleibenden Freundlichkeit zu allen, auch wenn er sie kaum kannte, und wegen seiner ständigen Bereitschaft, zu helfen und gefällig zu sein. Doch sein Eifer wurde nicht geschätzt, so wie man das Gold nicht schätzte, wäre es plötzlich kostenlos zu haben. Niemand begegnete ihm mit der Achtung, die Menschen seines Alters sonst genießen. Man ging geringschätzig mit ihm um. Es kam vor, daß man ihn bei der Totenfeier für einen ehrwürdigen Greis aus dem Geschlecht der Bugus – Momun entstammte dem Geschlecht der Bugus, war sehr stolz darauf und versäumte keine Totenfeier für einen Stammesverwandten – beauftragte, Vieh zu schlachten, Ehrengäste zu empfangen, ihnen aus dem Sattel zu helfen, Tee zu reichen, aber auch Holz zu hacken und Wasser zu holen. Gibt es etwa nicht viel zu tun bei einer Totenfeier, zu der so viele Gäste aus allen Himmelsrichtungen kommen? Was man Momun auch immer auftrug, er verrichtete es schnell und mühelos, und was die Hauptsache ist – er drückte sich nicht wie andere. Die jungen Ehefrauen aus dem Ail, die die Horden der Gäste aufnehmen und beköstigen mußten, sagten, wenn sie ihn die Arbeit bewältigen sahen: » Was täten wir, wenn wir den Rührigen Momun nicht hätten?«

So kam es, daß der Alte, der mit seinem Enkel von weit her angereist war, den Gehilfen des Dshigiten abgab, der den Tee ausschenkte. Ein anderer an seiner Stelle wäre vor Wut über die Kränkung in die Luft gegangen, doch Momun machte sich nichts daraus.

Und keiner wunderte sich, daß der Rührige Momun die Gäste bediente – dafür hieß er ja sein Leben lang der Rührige Momun. Er war selber schuld, daß er der Rührige Momun war. Und wenn ihn ein Neuer erstaunt fragte, warum er als alter Mann bei den Frauen den Laufburschen spiele, ob denn die jungen Burschen im Ail ausgestorben seien, erwiderte Momun: »Der Verstorbene war mein Bruder. (Alle Bugus betrachtete er als eine Brüder. Doch sie waren genauso die ›Brüder‹ der anderen Gäste.) Wer anders als ich soll zu seinem Leichenschmaus arbeiten? Dafür stammten wir Bugus von unserer Urahne ab, der Gehörnten Hirschmutter. Die wundersame Hirschmutter hat uns als Vermächtnis aufgetragen, im Leben und im Gedenken Freundschaft zu halten...«

So war er, der Rührige Momun!

Alt und jung duzte ihn, man durfte ihn frotzeln – der Alte nahm nichts übel; auf ihn brauchte man auch keine Rücksicht zu nehmen – der Alte war demütig. Nicht von ungefähr heißt es, daß die Menschen dem nicht verzeihen, der sich nicht Respekt zu verschaffen weiß. Er konnte es nicht.

Er konnte vieles im Leben. Er zimmerte, sattlerte, setzte Schober – als er noch jung war, hatte er im Kolchos solche Schober gesetzt, daß es jammerschade war, sie im Winter abzutragen: Der Regen lief daran herunter wie an einer Gans, und der Schnee legte sich als Satteldach darüber. Im Krieg baute er in Magnitogorsk Fabrikmauern und wurde Stachanowarbeiter. Nach der Heimkehr baute er die Häuser der Försterei und nahm sich des Waldes an. Obwohl er als Hilfsarbeiter galt, kümmerte er sich um den Wald, während sein Schwiegersohn Oroskul meist auf Besuch fuhr. Kam jedoch unverhofft ein Vorgesetzter, dann zeigte Oroskul den Wald und veranstaltete eine Jagd, schließlich war er hier der Herr. Momun betreute das Vieh, versorgte den Bienenstand. Sein ganzes Leben lang hatte er sich von früh bis spät abgerackert, aber sich Respekt zu verschaffen, das hatte er nicht gelernt.

Er sah auch nicht aus wie ein Aksakal, machte weder einen würdevollen noch einen gewichtigen oder strengen Eindruck. Gutmütig war er, schon auf den ersten Blick erriet man an ihm diese undankbare Eigenschaft. Menschen wie er wurden zu allen Zeiten belehrt: »Sei nicht gut, sei böse! Da hast du eine Backpfeife, da noch eine! Sei böse!« Er aber blieb zu seinem Unglück unverbesserlich gut. Sein von Runzeln zerkerbtes Gesicht lächelte nur, und seine Augen fragten ewig: »Was möchtest du? Soll ich etwas für dich tun? Ich komme gleich, sag mir nur, was du brauchst.«

Er hatte eine weiche Entennase, die so aussah, als hätte sie keine Knorpel. Auch war er klein und behend wie ein Halbwüchsiger.

Nicht einmal sein Bart war richtig geraten. Der war nur zum Lachen. Auf dem kahlen Kinn wuchsen zwei, drei rötliche Härchen. Das war der ganze Bart.

Etwas ganz anderes ist es, wenn man einen stattlichen Greis daherreiten sieht, mit üppigem Vollbart, in weitem Pelzmantel mit breitem Lammfellkragen, mit einer teuren Mütze und noch dazu auf einem guten Pferd, das einen versilberten Sattel trägt – anzuschauen wie ein Weiser, wie ein Prophet, wenn man sich vor so einem verbeugt, ist das keine Schande, so einer wird überall geachtet! Doch aus Momun ist nicht mehr als der Rührige Momun geworden. Sein einziger Vorzug bestand wohl darin, daß er keine Furcht hatte, sich in den Augen seiner Mitmenschen zu blamieren (indem er sich falsch setzte, falsch sprach, falsch antwortete, falsch lächelte, falsch, falsch ...). Deshalb war er, ohne es selbst zu ahnen, ein sehr glücklicher Mensch. Viele sterben weniger an Krankheiten als an dem unbändigen, sie verzehrenden ewigen Wunsch, sich für mehr auszugeben, als sie sind. (Wer möchte nicht als klug, würdig, schön und zugleich streng, gerecht und entschlossen gelten?)

Momun war nicht so. Er war ein Sonderling, und man behandelte ihn wie einen Sonderling.

Nur eines konnte ihn sehr beleidigen – wenn man vergaß, ihn zum Familienrat einzuladen, auf dem die Ausrichtung einer Totenfeier besprochen wurde ... Dann war er ernstlich gekränkt, nicht weil man ihn übergangen hatte – im Familienrat hatte er sowieso nichts zu sagen –, sondern weil er dadurch an der Erfüllung einer uralten Pflicht gehindert wurde.

Momun hatte seinen Kummer und seine Sorgen, unter denen er litt und um derentwillen er nachts weinte. Außenstehende wußten davon fast nichts. Doch die ihm nahestanden wußten es.

Als Momun den Enkel beim Verkaufsauto stehen sah, erkannte er sofort, daß der Junge betrübt war. Aber der Verkäufer war ein Fremder, darum wandte er sich zuerst an ihn. Flink sprang er aus dem Sattel und streckte ihm beide Hände entgegen.

»Assalam-aleikum, großer Kaufmann!« sagte er halb im Scherz, halb im Ernst. »Ist deine Karawane wohlbehalten angekommen, geht dein Handel gut?« Übers ganze Gesicht strahlend, schüttelte er dem Verkäufer die Hand. »Wieviel Wasser ist den Berg hinabgeflossen, seit wir uns das letzte Mal gesehen haben. Herzlich willkommen!«

Der Verkäufer belächelte herablassend diese Anrede und das unansehnliche Äußere des Alten, der noch immer die gleichen Kunstlederstiefel, die von seiner Frau genähte Leinenhose, das zerrissene Jackett und den von Regen und

Sonne braun gewordenen Filzhut trug, und antwortete: »Die Karawane ist unversehrt. Bloß der Kaufmann kommt zu euch, und ihr treibt euch in den Wäldern und Tälern herum. Und die Frauen heißt ihr, die Kopeke vor mir zu behüten wie die Seele vor dem Tode. Hier kann man noch soviel Waren herbringen, keiner zieht den Beutel.«

»Sei nachsichtig, mein Lieber«, entschuldigte sich Momun verlegen. »Wenn wir gewußt hätten, daß du kommst, wären wir nicht weggeritten. Und daß wir kein Geld haben, kannst du uns nicht verübeln. Wenn wir im Herbst die Kartoffeln verkauft haben ...«

»Erzähle doch nichts«, unterbrach ihn der Verkäufer. »Ich kenne euch, ihr stinkigen Beis. Sitzt in den Bergen und habt Land und Heu, soviel ihr wollt. Den Wald ringsum durchschreitet man in drei Tagen nicht. Hältst du nicht Vieh? Betreibst du nicht eine Imkerei? Aber mit der Kopeke knauserst du. Hier, kauf die Seidendecke, eine Nähmaschine ist auch noch da ...«

»Wirklich, soviel Geld hab ich nicht«, rechtfertigte sich Momun.

»Das werd ich grade glauben. Du bist ein Geizhals, Alter, du hortest das Geld. Und wozu?«

»Wahrhaftig, nein, bei der Gehörnten Hirschmutter!«

»Na, nimm den Velvet, läßt dir eine neue Hose nähen.«

»Würde ich nehmen, bei der Gehörnten Hirschmutter ...«

»Ach, was soll ich mich noch mit dir unterhalten«, der Verkäufer winkte ab, »bin umsonst hergekommen. Wo ist Oroskul?«

»Schon seit heute morgen unterwegs, wohl nach Axai. Hat bei den Hirten was zu erledigen ...«

»Er ist also zu Besuch«, präzisierte der Händler verstehend.

Eine peinliche Pause trat ein.

»Sei nicht böse, mein Lieber«, begann Momun wieder. »Im Herbst verkaufen wir, so Gott will, Kartoffeln ...«

»Bis zum Herbst ist's noch lange hin.«
»Nun, wenn's so ist, hab Geduld. Bitte, komm auf eine Sprung herein, Tee trinken.«
»Dazu bin ich nicht hergefahren«, lehnte der Händler ab. Er begann die Tür des Lieferwagens zu schließen und sagte dabei mit einem Blick auf den Enkel, der neben dem Alten stand und den Hund am Ohr festhielt, bereit, hinter dem Auto herzulaufen: »Na, kauf doch wenigstens eine Tasche. Für den Jungen ist es doch wohl an der Zeit, in die Schule zu gehen? Wie alt ist er denn?«
Momun willigte sogleich ein: So würde er dem unverschämten Händler wenigstens etwas abkaufen, und der Enkel brauchte wirklich eine Tasche, er mußte diesen Herbst in die Schule.
»Das stimmt«, erklärte er hastig, »daran habe ich gar nicht gedacht. Natürlich, er ist sieben, wird schon acht... Komm mal her«, rief er den Enkel.
Er kramte in den Taschen und holte einen verborgenen Fünfer hervor. Wahrscheinlich hatte er ihn schon lange, das Fünfrubelstück hatte Grünspan angesetzt.
»Nimm, Langohr.« Der Händler zwinkerte dem Jungen verschmitzt zu und gab ihm die Tasche. »Und jetzt lern lesen und schreiben, sonst bleibst du für immer mit dem Großvater in den Bergen.«
»Er wird es lernen! Hat ein helles Köpfchen«, erwiderte Momun und zählte das herausgegebene Geld nach.
Dann blickte er auf den Enkel, der die neue Tasche ungeschickt an sich gedrückt hielt.
»Also gut denn. Im Herbst gehst du in die Schule«, sagte er leise. Seine harte, schwere Hand legte sich sacht auf den Kopf des Jungen.
Dieser spürte, wie sich ihm plötzlich die Kehle zuschnürte, und er empfand deutlich die Magerkeit des Großvaters, den vertrauten Geruch seiner Kleidung. Nach trockenem Heu

roch sie und nach dem Schweiß des arbeitenden Menschen. Er war zuverlässig, treu und lieb. Dieser gutmütige, wunderliche Greis, den kluge Leute den Rührigen Momun nannten, war vielleicht der einzige Mensch auf der Welt, der einen Narren an dem Jungen gefressen hatte. Na, und wennschon, wie er auch immer sein mochte, gut, daß er da war!

Der Junge hatte nicht geahnt, daß seine Freude so groß sein würde. Bisher hatte er nicht an die Schule gedacht. Bisher hatte er nur immer Kinder gesehen, die zur Schule gingen – hinter den Bergen, in den Dörfern am Issyk-Kul, wohin er mit dem Großvater zu den Totenfeiern für ehrwürdige Greise aus dem Geschlecht der Bugus gefahren war. Von diesem Augenblick an trennte er sich nicht mehr von der Tasche. Jubelnd und prahlend lief er sogleich zu allen Bewohnern der Försterei. Zuerst zeigte er sie der Großmutter – sieh mal, die hat mir der Großvater gekauft! – und dann Tante Bekej. Sie freute sich auch über die Tasche und lobte den Jungen.

Es kommt selten vor, daß Tante Bekej gute Launc hat. Meistens ist sie mißmutig und gereizt und bemerkt ihren Neffen überhaupt nicht. Sie hat keine Lust, sich mit ihm abzugeben. Sie hat ihre eigenen Sorgen. Die Großmutter sagt: Wenn sie Kinder hätte, wäre sie eine ganz andere Frau. Und Oroskul, ihr Mann, wäre auch ein anderer Mensch. Dann wäre auch Großvater Momun ein anderer Mensch und wäre nicht so geworden, wie er jetzt ist. Er hat zwei Töchter – Tante Bekej und die Mutter des Jungen, die jüngere Schwester –, aber es ist ganz schlecht, wenn man keine eigenen Kinder hat, und noch schlimmer, wenn die Kinder keine Kinder haben. So spricht die Großmutter. Versteh sie einer ...

Nach Tante Bekej suchte der Junge die junge Guldshamal und ihr Töchterchen auf, um ihnen die Erwerbung zu zeigen. Von ihnen machte er sich auf den Weg zur Heuwiese, zu Sejdachmat. Wieder lief er an dem rötlichen »Kamel« vor-

bei, und wieder hatte er keine Zeit, ihm auf den Höcker zu klopfen. Vorbei ging es am »Sattel«, am »Wolf« und am »Panzer« und weiter am Ufer entlang. Auf dem Pfad durch die Sanddornsträucher. Und dann gelangte er über den langen abgemähten Wiesenstreifen zu Sejdachmat.
Sejdachmat war heute hier allein. Der Großvater hatte schon längst seine Parzelle und die Oroskuls abgemäht. Eingebracht war das Heu auch schon – die Großmutter und Tante Bekej hatten es zusammengeharkt, Momun hatte aufgeladen, und er hatte ihm geholfen, indem er das Heu zum Wagen schleppte. Neben dem Kuhstall hatten sie zwei Heuschober gesetzt. Der Großvater hatte sie so sorgfältig aufgeführt, daß kein Regen eindringen konnte. Sie waren glatt wie mit dem Kamm gestrählt. Jedes Jahr war das so. Oroskul mähte nicht, er wälzte alles auf den Schwiegervater ab – letzten Endes war er der Chef. Wenn ich will, sagte er, jage ich euch im Handumdrehen von der Arbeit. Das sagte er zum Großvater und zu Sejdachmat, wenn er betrunken war. Aber den Großvater kann er nicht wegjagen. Wer wird dann die Arbeit machen? Versuch es einmal ohne Großvater! Im Wald gibt es viel Arbeit, besonders im Herbst. Der Großvater sagt immer: Der Wald ist keine Schafherde, er läuft nicht auseinander. Doch Aufsicht braucht er genausoviel. Wenn es brennt oder Wassermassen von den Bergen niederströmen, springt der Baum nicht beiseite, weicht nicht von der Stelle, sondern geht zugrunde, wo er steht. Dafür ist ja der Förster da, daß der Wald nicht eingeht. Auch den Sejdachmat wird Oroskul nicht wegjagen, denn Sejdachmat ist friedfertig. Er mischt sich in nichts ein und streitet nicht Aber bei seiner Friedfertigkeit und robusten Gesundheit ist er faul und schläft gern. Deshalb ist er auch zur Försterei gekommen. Der Großvater sagt, solche Burschen rasen im Sowchos mit Autos herum und pflügen mit Traktoren. Sejdachmat läßt in seinem Gemüsegarten die Kartoffeln

von Melde überwuchern. Guldshamal, das Kind auf dem Arm, muß allein mit dem Garten fertig werden.
Auch den Beginn der Heumahd hat Sejdachmat zu lange hingetrödelt. Sogar der Großvater hat ihn vorgestern ausgeschimpft: »Im vorigen Winter hast nicht du mir leid getan, sondern das Vieh. Deshalb hab ich dir von meinem Heu abgegeben. Wenn du wieder auf mein Greisenheu rechnest, dann sag's gleich, dann mäh ich für dich.« Das hat gewirkt, seit heute morgen schwingt Sejdachmat die Sense.
Als er hinter seinem Rücken schnelle Schritte hörte, wandte er sich um und wischte sich mit dem Hemdsärmel den Schweiß ab.
»Was willst du? Werde ich gerufen oder was?«
»Nein. Ich habe eine Tasche. Da. Hat Großvater mir gekauft. Ich komme in die Schule.«
»Und deshalb bist du hergelaufen?« Sejdachmat lachte. »Bei Großvater Momun piept's hier.« Er drehte den Finger an der Schläfe. »Und bei dir auch! Na, was ist das für eine Tasche?« Er ließ das Schloß auf- und zuschnappen, wandte die Tasche hin und her und gab sie mit spöttischem Kopfschütteln zurück. »Warte mal«, rief er, »in welche Schule willst du gehen? Wo ist sie denn, deine Schule?«
»In welche? In die Schule der Farm.«
»Nach Dshelessai also?« wunderte sich Sejdachmat. »Aber da mußt du doch mindestens fünf Kilometer über den Berg laufen.«
»Der Großvater sagt, er bringt mich auf dem Pferd hin.«
»Jeden Tag hin und zurück? Der spinnt wohl, der Alte. Wird Zeit, daß er selbst in die Schule geht. Dann sitzt er neben dir auf der Bank, und wenn die Schule aus ist, geht's zurück!« Sejdachmat schüttelte sich vor Lachen, als er sich vorstellte, wie Großvater Momun mit dem Enkel die Schulbank drückte.
Der Junge schwieg betreten.

»Ich hab das doch bloß zum Spaß gesagt!« erklärte Sejdachmat.
Er gab dem Jungen einen Nasenstüber und zog ihm den Schirm von Großvaters Mütze über die Augen. Momun trug nicht die Uniformmütze des Forstamts, er schämte sich mit ihr. (»Bin ich denn ein Vorgesetzter? Ich vertausche meine kirgisische Mütze mit keiner anderen.«) Im Sommer setzte er einen vorsintflutlichen Filzhut auf oder einen »ehemaligen« Ak-Kolpak, eine weiße Kappe, mit schäbigem schwarzem Satin besetzt, und im Winter einen ebenfalls vorsintflutlichen Schaffelltebetej. Die grüne Uniformmütze des Forstarbeiters hatte er dem Enkel gegeben.
Dem Jungen gefiel es nicht, daß Sejdachmat die Neuigkeit so spöttisch aufnahm. Er schob den Mützenschirm finster in die Stirn, und als Sejdachmat ihm noch einen Nasenstüber geben wollte, zog er den Kopf weg und fuhr ihn an: »Laß mich in Ruhe!«
»Sieh mal an, wie wütend!« Sejdachmat schmunzelte. »Aber nimm's mir nicht übel. Du hast genau die richtige Tasche.« Er klopfte ihm auf die Schulter. »Und jetzt hau ab. Ich muß noch jede Menge mähen ...«
Nachdem er sich in die Hände gespuckt hatte, machte er sich wieder an die Arbeit.
Der Junge lief nach Hause, wieder denselben Pfad und im Laufschritt an den Steinen vorbei. Er hatte noch keine Zeit, sich mit den Steinen zu amüsieren. Eine Tasche ist eine ernste Sache.
Der Junge sprach gern mit sich selbst. Aber diesmal sagte er nicht zu sich, sondern zur Tasche: »Glaub ihm nicht, mein Großvater ist überhaupt nicht so. Er ist bloß nicht listig, deshalb lachen sie über ihn. Weil er kein bißchen listig ist. Er wird uns beide in die Schule bringen. Du weißt noch nicht, wo die Schule ist? Gar nicht weit. Ich zeig's dir. Wir sehen sie uns vom Karaulberg durchs Fernglas an. Und außerdem

zeig ich dir meinen weißen Dampfer. Wir müssen bloß erst in die Scheune. Dort hab ich das Fernglas versteckt. Ich müßte eigentlich nach dem Kalb sehen, aber ich laufe jedesmal weg, um den weißen Dampfer zu betrachten. Unser Kalb ist schon groß, wenn es an der Leine zieht, hältst du es nicht zurück, doch es hat sich daran gewöhnt, die Milch bei der Kuh zu saugen. Die Kuh ist seine Mutter, und ihr tut es nicht leid um die Milch. Verstehst du? Einer Mutter tut es um nichts leid, wenn es um ihr Kind geht. Das sagt Guldshamal, sie hat ein kleines Mädchen ... Bald wird die Kuh gemolken, dann treiben wir das Kalb auf die Weide. Danach steigen wir auf den Karaulberg und sehen uns vom Berg den weißen Dampfer an. Ich unterhalte mich nämlich mit dem Fernglas auch so. Jetzt werden wir zu dritt sein – ich, du und das Fernglas ...«

So kehrte er nach Hause zurück. Es machte ihm großen Spaß, sich mit der Tasche zu unterhalten. Er wollte das Gespräch fortsetzen, wollte von sich erzählen, was die Tasche noch nicht wußte. Aber er wurde gestört. Von der Seite war Pferdegetrappel zu hören. Hinter den Bäumen hervor kam ein Reiter auf einem grauen Pferd. Es war Oroskul. Er kehrte auch nach Hause zurück. Das graue Pferd Alabasch, das niemand außer ihm reiten durfte, trug den guten Sattel mit den kupfernen Steigbügeln, dem Brustriemen und den klirrenden silbernen Anhängseln.

Oroskuls Hut war ins Genick gerutscht und entblößte die niedrige rote Stirn. Ihn hatte in der Hitze der Schlaf überwältigt. Er schlief im Reiten. Die Velvetjacke, nicht eben meisterhaft nach dem Vorbild derer geschneidert, die die Vorgesetzten im Rayon trugen, war von oben bis unten aufgeknöpft. Das weiße Hemd guckte am Bauch unter dem Gürtel hervor. Er war satt und betrunken, denn er war zu Besuch gewesen, hatte Kumys getrunken und sich mit Fleisch vollgefressen.

Wenn die Schaf- und Pferdehirten zu den Sommerweideplätzen in die Berge gekommen waren, luden sie Oroskul oft zu sich ein. Er hatte unter ihnen alte Freunde. Aber sie luden ihn auch mit Berechnung ein. Oroskul war ein wichtiger Mann. Besonders für diejenigen, die ein Haus bauen wollten und selbst in den Bergen saßen: Sie durften die Herde nicht verlassen und nicht weggehen, aber wo sollten sie Baumaterial hernehmen, vor allem Holz? Wenn sie jedoch Oroskul einen Gefallen taten, konnten sie sich zwei oder drei Stämme aus dem Naturschutzwald aussuchen und abtransportieren. Wenn nicht, würden sie ewig mit der Herde durch die Berge wandern und das Haus blieb ewig ungebaut.

Im Sattel schlummernd, schwer und gewichtig ritt Oroskul, die Spitzen der Chromlederstiefel lässig in den Steigbügeln. Er wäre vor Schreck fast vom Pferd gefallen, als der Junge ihm, die Tasche schwenkend, entgegenrannte und rief: »Onkel Oroskul, ich hab eine Tasche! Ich geh in die Schule. Hier hab ich die Tasche!«

»Oh, daß dich der ...«, schimpfte Oroskul und zog erschrokken die Zügel straff.

Er sah den Jungen mit schlafgeröteten, verquollenen, trunkenen Augen an.

»Was ist mit dir, wo kommst du her?«

»Ich geh nach Hause. Ich habe eine Tasche, hab sie Sejdachmat gezeigt«, sagte der Junge beklommen.

»Schon gut, geh spielen«, brummte Oroskul und ritt, unsicher im Sattel schwankend, weiter.

Was gingen sie ihn an, die blödsinnige Tasche und der von seinen Eltern im Stich gelassene Junge, der Neffe seiner Frau, wenn er selbst vom Schicksal so benachteiligt war, wenn Gott ihm keinen Sohn von eigenem Fleisch und Blut bescherte, während er andere so freigebig mit vielen Kindern beschenkte ...

Oroskul schniefte und schluchzte auf. Mitleid und Erbitterung würgten ihn. Mitleid mit sich selbst, weil sein Leben vergehen würde, ohne eine Spur zu hinterlassen, und Erbitterung über die unfruchtbare Frau. Das liegt nur an ihr, der Verfluchten, die so viele Jahre taub bleibt...

Ich werd's dir zeigen! drohte Oroskul in Gedanken, ballte die fleischigen Fäuste und stöhnte unterdrückt, um nicht laut loszuheulen. Er wußte schon, daß er sie zu Hause schlagen würde. So geschah es jedesmal, wenn er sich betrunken hatte; der bullige Kerl verlor den Verstand vor Kummer und Wut...

Der Junge folgte ihm auf dem Pfad und wunderte sich, als Oroskul plötzlich vor ihm verschwand. Dieser war zum Fluß abgebogen, er stieg vom Pferd, ließ die Zügel fallen und brach durch das hohe Gras. Er ging schwankend und sich krümmend, preßte die Hände vors Gesicht und zog den Kopf ein. Am Ufer kauerte er sich hin. Mit den Händen schöpfte er Wasser aus dem Fluß und spritzte es sich ins Gesicht.

Er hat wohl Kopfschmerzen bekommen von der Hitze, schloß der Junge, als er sah, was Oroskul tat. Er wußte nicht, daß jener weinte und das Schluchzen nicht zurückhalten konnte. Oroskul weinte, weil es nicht sein Sohn gewesen war, der ihm entgegenkam, und weil er nicht das notwendige Verständnis aufgebracht hatte, um dem Jungen mit der Tasche wenigstens ein paar menschliche Worte zu sagen.

II

Von der Spitze des Karaulbergs konnte man nach allen Seiten sehen. Auf dem Bauch liegend, stellte der Junge das Fernglas ein. Es war ein starker Feldstecher. Der Großvater hatte ihn einmal als Prämie für seinen langen Dienst in der Försterei bekommen. Er gab sich nicht gern damit ab:

»Meine eigenen Augen sind nicht schlechter.« Dafür liebte der Enkel den Feldstecher um so mehr.
Diesmal war er mit dem Fernglas und der Tasche auf den Berg gestiegen.
Anfangs hüpften die Gegenstände und verschoben sich in dem runden Fensterchen, doch dann wurden sie plötzlich deutlich und unbeweglich. Das war am interessantesten. Der Junge hielt den Atem an, um die gefundene Brennweite nicht zu verstellen. Dann richtete er den Blick auf einen anderen Punkt, und wieder verschob sich alles. Der Junge stellte die Okulare neu ein.
Von hier aus war rundum alles zu sehen. Die höchsten Schneegipfel, die nur noch der Himmel überragte. Sie lagen hinter allen Bergen, über allen Bergen und über der ganzen Erde. Die Berge, die niedriger waren als die Schneegipfel, bewaldete Berge, unten mit Laubwalddickicht und oben mit Kiefernwald bewachsen. Das Kungei-Gebirge, der Sonne zugekehrt, auf dessen Hängen nichts wuchs als Gras. Die noch kleineren Berge auf der Seeseite, kahle, steinige Hügel. Sie senkten sich hinunter ins Tal, an das sich der See anschloß. Dort lagen Felder, Gärten, Siedlungen ... Das Grün der Saaten begann schon zu vergilben – die Ernte rückte näher. Mäusegleich huschten winzige Autos über die Wege, hinter ihnen wedelten lange Schwänze aus Staub. Und am entferntesten Ende der Erde, das der Blick gerade noch erreichte, hinter einem sandigen Küstenstreifen schimmerte in sattem Blau der gewölbte See Issyk-Kul. Dort berührten sich Himmel und Wasser. Und weiter war nichts. Der See lag unbeweglich, glänzend und leer. Nur kaum merklich regte sich am Ufer der weiße Brandungsschaum.
Der Junge schaute lange in diese Richtung. »Der weiße Dampfer ist noch nicht da«, sagte er zu der Tasche. »Sehen wir uns noch einmal unsere Schule an.«
Von hier war die ganze benachbarte Talsenke hinter dem

Berg gut zu sehen. Durch das Fernglas war sogar das Garn in der Hand der alten Frau zu erkennen, die vorm Haus unter dem Fenster saß.

Die Talsenke Dshelessai war unbewaldet, nur da und dort waren nach dem Abholzen einsame alte Kiefern stehengeblieben. Früher war hier Wald gewesen. Jetzt sah man reihenweise Viehställe mit Schieferdächern und große schwarze Mist- und Strohhaufen. Dort wurde das Rassejungvieh der Milchfarm aufgezogen. Gleich daneben, nicht weit von den Viehställen, hatte noch eine kurze Häuserzeile Platz gefunden – die Siedlung der Viehzüchter. Sie zog sich eine sanfte Steigung hinunter. Am Ende der Zeile lag ein kleines Haus, das nicht wie ein Wohnhaus aussah. Das war die Vierklassenschule. Die Kinder der oberen Klassen fuhren in den Sowchos und besuchten dort die Internatsschule. In dieser hier lernten die Kleinen.

Der Junge war mit dem Großvater mehrmals im Dorf beim Feldscher gewesen, als er Halsschmerzen hatte. Jetzt betrachtete er durchs Fernglas unverwandt die kleine Schule mit den braunen Dachziegeln, dem schiefen Schornstein und dem handgemalten Sperrholzschild »Mektep«. Er konnte nicht lesen, doch er erriet, daß ebendieses Wort dort stand. Durch das Fernglas war alles bis zu unwahrscheinlich kleinen Einzelheiten zu erkennen. Wörter, in den Wandputz gekratzt, die papierverklebten Glasfenster, die holprigen, zerschrammten Verandadielen. Er stellte sich vor, wie er mit seiner Tasche dorthin kam und durch die Tür schritt, an der jetzt ein großes Schloß hing. Was erwartete ihn hinter dieser Tür?

Als der Junge die Schule genügend betrachtet hatte, richtete er das Fernglas wieder auf den See. Aber dort war alles beim alten. Der weiße Dampfer zeigte sich noch nicht. Der Junge drehte sich um, setzte sich mit dem Rücken zum See und blickte, nachdem er das Glas beiseite gelegt, den Berg hin-

unter. Am Fuß des Berges schimmerte auf dem Grund der langgestreckten Talsenke silbern der reißende, an Stromschnellen reiche Fluß. Zusammen mit dem Fluß schlängelte sich der Uferweg dahin, beide verschwanden hinter der Talbiegung. Das entgegengesetzte Ufer war steil und bewaldet. Dort begann der Naturschutzwald von San-Tasch, er stieg hoch hinauf bis zur Schneegrenze. Am höchsten kletterten die Kiefern. Zwischen Fels und Schnee zogen sie sich als dunkle Bürsten über die Kämme der Bergketten.
Der Junge betrachtete spöttisch die Häuser, Schuppen und Anbauten im Hof der Försterei. Klein und zerbrechlich sahen sie von oben aus. Hinter der Försterei, weiter am Ufer entlang, sah er seine wohlbekannten Steine. Sie alle – »Kamel«, »Wolf«, »Sattel« und »Panzer« – hatte er zuerst von hier aus gesehen, vom Karaulberg, durch das Fernglas, und damals hatte er ihnen die Namen gegeben.
Der Junge lächelte vergnügt, stand auf und schleuderte einen Stein in Richtung des Hofes. Der Stein fiel noch auf dem Berg herunter. Der Junge setzte sich wieder hin und betrachtete die Försterei durchs Fernglas. Zuerst verkehrt herum – die Häuser entfernten sich weit weg, verwandelten sich in Spielzeugschächtelchen. Seine Felsen wurden zu kleinen Steinchen. Und Großvaters Planschbecken auf der Flußsandbank sah ganz komisch aus – als ginge es einem Spatzen bis an die Knie. Der Junge lächelte, wandte den Kopf ein wenig zur Seite und schraubte, nachdem er das Glas schnell umgedreht hatte, an den Okularen. Ins Gigantische vergrößert, schienen seine Lieblingsfelsen ans Glas des Feldstechers zu stoßen. »Kamel«, »Wolf«, »Sattel« und »Panzer« waren sehr eindrucksvoll mit ihren Zacken, ihren Rissen, den Flecken von rostbraunen Flechten an den Seiten; sie ähnelten wirklich dem, was der Junge in ihnen sah.
»Ach du, alter ›Wolf‹! Und du da, bist wirklich ein ›Panzer‹!«
Hinter seinen Steinen lag auf der Sandbank Großvaters

Planschbecken. Durch das Fernglas war diese Stelle am Ufer gut zu sehen. Das Wasser, aus einer Stromschnelle kommend, sprudelte hier über eine breite Geröllsandbank und floß wieder in die reißende Strömung zurück. Auf der Sandbank ging es bis zu den Knien, doch die Strömung war so reißend, daß sie einen Jungen wie ihn ohne weiteres davontragen konnte. Darum hatte sich der Junge immer an einem Weidengestrüpp festgehalten, das direkt am Ufer wuchs und dessen Zweige teilweise vom Wasser umspült wurden, und hatte dann getaucht. Aber was war das für ein Baden? Wie ein Pferd an der Leine. Außerdem die Unannehmlichkeiten und Schimpfereien! Die Großmutter sagte zu Momun: »Wenn's ihn in den Fluß treibt, ist er selber schuld – ich rühr keinen Finger. Der hat das nötig. Vater und Mutter haben ihn im Stich gelassen, und ich hab genug andere Sorgen, hab einfach keine Kraft mehr.«

Was sollte man ihr da sagen? Die Alte hatte im Grunde nicht unrecht. Aber der Bengel konnte einem auch leid tun: Der Fluß lag fast vor der Tür. Wie die Alte ihn auch warnte, er war trotzdem immer wieder ins Wasser gegangen. Momun hatte sich entschlossen, auf der Sandbank ein Planschbecken aus Steinen zu bauen, damit der Junge unbesorgt baden konnte.

Viele Steine schleppte der alte Momun heran, dabei suchte er die größten aus, damit die Strömung sie nicht wegrollen konnte. Er trug sie an den Bauch gepreßt und legte sie, im Wasser stehend, so aneinander, daß das Wasser zwischen ihnen unbehindert hinein- und herausfließen konnte. Komisch, hager, mit seinem spärlichen Bärtchen, in nassen, am Körper klebenden Hosen hatte er einen ganzen Tag mit dem Planschbecken zu tun. Am Abend legte er sich erschöpft hin, hustete und konnte das Kreuz nicht geradebiegen. Jetzt kam die Großmutter erst richtig in Fahrt: »Der eine Dummkopf ist wenigstens noch klein, aber was soll man zu einem alten

Dummkopf sagen? Was zum Teufel mußt du dich so abrakkern? Du gibst ihm zu essen und zu trinken, was willst du denn noch alles machen? Jede Laune erfüllst du ihm. Ach, das führt zu nichts Gutem...« Wie dem auch sei, das Planschbecken auf der Sandbank war wunderschön. Jetzt konnte der Junge ohne Furcht baden. Sich an einem Zweig festhaltend, kletterte er das Ufer hinunter und stürzte sich in die Flut. Unbedingt mit offenen Augen. Mit offenen Augen deshalb, weil die Fische auch mit offenen Augen schwimmen. Er hatte so einen sehnlichen Wunsch – sich in einen Fisch verwandeln und davonschwimmen.

Als der Junge jetzt durch das Fernglas schaute, stellte er sich vor, wie er Hemd und Hose auszieht und nackt, erschauernd, ins Wasser steigt. Das Wasser der Gebirgsflüsse ist immer kalt und benimmt einem den Atem, aber dann gewöhnt man sich. Er stellte sich vor, wie er, sich an einen Weidenzweig klammernd, kopfüber in die Flut springt. Wie das Wasser brausend über seinem Kopf zusammenschlägt, wie es ihm glühend über Bauch, Rücken und Beine rieselt. Die äußeren Laute verstummen unter Wasser, in den Ohren bleibt nur ein Rauschen. Mit aufgerissenen Augen schaut er sich alles an, was unter Wasser zu sehen ist. Die Augen brennen und schmerzen, doch er lächelt stolz und streckt sogar im Wasser die Zunge heraus. Dic zeigt er der Großmutter. Sie soll wissen, daß er nicht ertrinkt und nichts fürchtet. Dann läßt er den Zweig los, und das Wasser zieht und treibt ihn, bis er an die Steine des Damms stößt. Jetzt geht ihm auch die Luft aus. Sofort springt er aus dem Wasser, klettert ans Ufer und läuft abermals zum Weidenstrauch. Und das viele Male. Hundertmal am Tag könnte er in Großvaters Planschbecken baden. Bis er sich zuletzt in einen Fisch verwandelt. Er muß unbedingt ein Fisch werden, koste es, was es wolle...

Nachdem sich der Junge am Flußufer satt gesehen hatte, richtete er das Fernglas auf seinen Hof. Die Hühner, die Puten mit ihren Kücken, das an den Hackklotz gelehnte Beil, der dampfende Samowar und verschiedenes mehr auf dem Hof wurden so unwahrscheinlich groß, waren so nah, daß der Junge unwillkürlich die Hand danach ausstreckte. Und da erblickte er zu seinem Schrecken durchs Fernglas das bis zu den Dimensionen eines Elefanten vergrößerte braune Kalb, das gemächlich an der aufgehängten Wäsche kaute. Vor Vergnügen kniff es die Augen zu, der Speichel troff ihm von den Lippen – so sehr gefiel es ihm, mit vollem Maul Großmutters Kleid zu kauen.

»Ach, du Dummchen!« Der Junge richtete sich mit seinem Fernglas auf und winkte mit der Hand. »Weg da, hörst du, mach, daß du wegkommst! Baltek, Baltek! (Der Hund im Objektiv lag ruhig neben dem Haus.) Faß es, faß es!« befahl er verzweifelt dem Hund.

Aber Baltek rührte nicht mal das Ohr. Er lag da, als wäre nichts.

In diesem Augenblick kam die Großmutter aus dem Haus. Als sie die Bescherung sah, schlug sie die Hände überm Kopf zusammen. Sie ergriff einen Besen und stürzte sich auf das Kalb. Das Kalb lief davon, die Großmutter hinterher. Sie im Fernglas behaltend, setzte sich der Junge wieder, damit er auf dem Berg nicht zu sehen war. Als die Alte das Kalb verscheucht hatte, kehrte sie schimpfend zum Haus zurück, keuchend vor Zorn und vom schnellen Laufen. Der Junge sah sie so nah, als stände er neben ihr, ja sogar noch näher. Er behielt sie groß im Objektiv, wie im Kino, wenn das Gesicht eines Menschen gesondert gezeigt wird. Er sah ihre gelben, wutverengten Augen. Er sah, wie ihr von Runzeln zerkerbtes Gesicht ganz rot wurde. Wie im Kino, wenn plötzlich der Ton ausfällt, bewegten sich im Fernglas ihre Lippen schnell und tonlos und entblößten die spärlichen schartigen Zähne. Was die Alte schrie, war auf die Entfernung nicht zu verstehen, doch der Junge hörte ihre Worte so klar und deutlich, als spräche sie ihm direkt ins Ohr. Wie sie ihn schalt! Er kannte es schon auswendig: »Na warte, komm du nur nach Hause! Ich werd dir helfen! Und der Großvater kann mir gestohlen bleiben. Wie oft hab ich ihm gesagt, er soll diesen blödsinnigen Gucker wegschmeißen. Jetzt ist der Bengel schon wieder auf den Berg gerannt. Zusammenstürzen soll er, dieser verfluchte Dampfer, verbrennen, untergehen...«

Der Knabe auf dem Berg seufzte schwer. An einem solchen Tag, an dem sie die Tasche kauften, an dem er schon davon träumte, wie er in die Schule gehen würde, hätte er das Kalb nicht vergessen dürfen...

Die Alte untersuchte weiterzeternd ihr zerkautes Kleid. Guldshamal kam mit ihrem Töchterchen zu ihr heraus. Während die Großmutter sich bei ihr beklagte, geriet sie noch mehr in Wut. Sie schüttelte die Fäuste zum Berg hin. Ihre dunkle knochige Faust zeichnete sich drohend vor den Okularen ab. »Hat sein Vergnügen gefunden. Zerbersten soll er, der verfluchte Dampfer. Verbrennen soll er, untergehen...«

Der Samowar auf dem Hof siedete. Durch das Fernglas war zu sehen, wie unter dem Deckel ein Strom von Dampf hervorquoll. Tante Bekej kam heraus, um nach dem Samowar zu sehen. Da ging es wieder von vorn los. Die Großmutter hielt Tante Bekej ihr zerkautes Kleid unter die Nase. Da, sieh dir die Streiche deines Neffen an!

Tante Bekej redete beruhigend auf sie ein. Der Junge erriet, was sie sagte. Ungefähr das gleiche wie schon öfter: »Regen Sie sich nicht auf, Eneke. Er ist noch klein, ein Dummchen – was soll man schon von ihm verlangen. Er ist hier allein, hat keine Freunde. Wozu das Schimpfen, warum dem Kind Angst einjagen?«

Worauf die Großmutter zweifellos antwortet: »Du brauchst mich nicht zu belehren. Krieg erst mal selber Kinder, dann

weißt du, was man von ihnen verlangen kann. Was treibt er sich dort auf dem Berg herum? Das Kalb einzufangen, hat er keine Zeit. Was sieht er denn dort? Seine liederlichen Eltern, die ihn erst in die Welt setzen und dann auseinanderlaufen? Du mußt gerade reden, Unfruchtbare ...«
Selbst aus dieser Entfernung sah der Junge durch das Fernglas, wie Tante Bekejs eingefallene Wangen totengrau wurden, wie sie am ganzen Körper zu beben anfing und wie sie – er wußte genau, womit sie es der Großmutter heimzahlen mußte – der Stiefmutter ins Gesicht schleuderte: »Und du selbst, alte Hexe, wieviel Söhne und Töchter hast du aufgezogen? Wer bist du denn?«
Jetzt ging es erst richtig los! Die Großmutter heulte ob der Beleidigung auf. Guldshamal versuchte, die Frauen zu beschwichtigen, redete der Großmutter gut zu, legte den Arm um sie und wollte sie ins Haus führen, aber die Alte geriet immer mehr in Harnisch und raste wie eine Verrückte auf dem Hof herum. Tante Bekej ergriff den siedenden Samowar und trug ihn, heißes Wasser verschwappend, fast laufend ins Haus. Die Großmutter ließ sich müde auf einen Holzklotz sinken. Schluchzend beklagte sie sich bitter über ihr Schicksal. Der Junge war vergessen, jetzt gab sie es dem Herrgott und der ganzen weiten Welt. »Wer ich bin? Mich fragst du, wer ich bin?« rief sie empört der Stieftochter hinterdrein. »Wenn mich Gott nicht gestraft, wenn er mir nicht meine fünf Säuglinge genommen hätte, wenn mein einziger Sohn nicht mit achtzehn Jahren im Krieg gefallen, wenn mein Alter, der liebe Taigara, nicht mit der Schafherde im Schneesturm erfroren wäre, würde ich dann etwa hier bei euch Forstleuten hausen? Bin ich etwa so eine wie du, die gar keine Kinder kriegt? Würde ich etwa auf meine alten Tage mit deinem Vater leben, dem einfältigen Momun? Was für Sünden und Vergehen strafst du an mir, dreimal verfluchter Gott?«

Der Junge setzte das Fernglas ab und senkte traurig den Kopf. »Wie kommen wir jetzt nach Hause?« sagte er leise zur Tasche.

»Das ist alles wegen mir und dem dummen Kalb. Und wegen dir, Fernglas. Du forderst mich immer auf, den weißen Dampfer anzusehen. Du bist auch schuld.«

Der Junge schaute nach allen Seiten. Rundum Berge – Felsen, Steine, Wälder. Aus der Höhe, von den Gletschern, gingen lautlos glitzernde Bäche hernieder, und es schien, als bekäme das Wasser erst hier unten eine Stimme, um ewig, unaufhörlich, im Fluß zu rauschen. Und die Berge standen so gewaltig und grenzenlos. Der Junge fühlte sich in diesem Augenblick sehr klein, sehr einsam, ganz verloren. Nur er und die Berge, Berge, überall hohe Berge.

Die Sonne neigte sich schon zum Untergang auf der Seeseite. Die Hitze ließ nach. Auf den östlichen Hängen entstanden die ersten kurzen Schatten. Je tiefer die Sonne sank, desto weiter würden die Schatten herunterkriechen zum Fuß der Berge. Zu dieser Tageszeit erschien gewöhnlich der weiße Dampfer auf dem Issyk-Kul.

Der Junge stellte das Glas auf den entferntesten Punkt ein und hielt den Atem an. Da! Und sogleich war alles vergessen: Am dunkelblauen Rand des Issyk-Kul war der weiße Dampfer aufgetaucht. Da war er! Mit einer Reihe von Schornsteinen, lang, gewaltig, schön. Er schwamm wie nach einem Lineal, so gleichmäßig und gerade. Der Junge wischte hastig die Gläser am Hemdzipfel ab und korrigierte noch einmal die Okulare. Die Umrisse des Dampfers wurden noch deutlicher. Jetzt war schon zu sehen, wie er auf den Wellen schaukelte und hinter dem Heck eine Spur von hellem Schaum zurückblieb. Unablässig, hingerissen starrte der Junge auf den Dampfer. Ginge es nach seinem Willen, so hätte er den Dampfer gebeten, näher heranzufahren, damit die Menschen darauf in Sicht kämen. Doch der Dampfer

wußte nichts davon. Langsam und majestätisch verfolgte er seinen Weg, unbekannt woher und wohin.
Lange war zu sehen, wie der Dampfer dahinglitt, und der Junge dachte lange darüber nach, wie er sich in einen Fisch verwandeln und durch den Fluß zu ihm, dem weißen Dampfer, schwimmen würde ...
Als er einst vom Karaulberg aus auf dem blauen Issyk-Kul zum erstenmal den weißen Dampfer gesehen hatte, war sein Herz ob dieser Schönheit so laut geworden, daß er sofort zu dem Schluß kam, sein Vater – ein Matrose vom Issyk-Kul – müsse auf diesem weißen Dampfer fahren. Der Junge glaubte daran, weil er es sehr wünschte.
Er erinnerte sich weder an den Vater noch an die Mutter. Er hatte beide nie gesehen. Beide hatten ihn kein einziges Mal besucht. Aber der Junge wußte: sein Vater war Matrose auf dem Issyk-Kul, und die Mutter hatte nach der Trennung vom Vater den Sohn beim Großvater gelassen und war selbst in die Stadt gefahren. Seither blieb sie verschwunden. In eine ferne Stadt war sie gefahren, hinter den Bergen, hinter dem See und hinter weiteren Bergen.
Großvater Momun war einmal in dieser Stadt gewesen, um Kartoffeln zu verkaufen. Eine ganze Woche lang war er weggeblieben, und nach der Rückkehr hatte er beim Tee Tante Bekej und der Großmutter erzählt, er habe seine Tochter, die Mutter des Jungen, gesehen. Sie arbeite in einer großen Fabrik als Weberin. Sie habe eine neue Familie – zwei Töchter, die sie in den Kindergarten gebe und nur einmal in der Woche sehe. Sie wohne in einem großen Haus, aber in einem kleinen Zimmerchen, so klein, daß man sich kaum umdrehen könne. Und auf dem Hof kenne keiner den anderen, wie auf dem Markt. Alle lebten dort so, kämen nach Hause und schlössen gleich die Tür ab, säßen ständig hinter Schloß und Riegel wie in einem Gefängnis. Ihr Mann sei Chauffeur, er fahre mit dem Bus die Leute durch die

Straßen. Um vier Uhr morgens gehe er und arbeite bis spätabends. Das sei auch eine schwere Arbeit. Die Tochter habe ständig geweint und um Verzeihung gebeten. Sie hätten sich für eine neue Wohnung angemeldet, aber wann sie eine bekämen, sei ungewiß. Wenn sie eine bekämen, würde sie den Sohn zu sich nehmen, falls ihr Mann es erlaube. Und sie habe ihn, Momun, gebeten, noch zu warten. Er habe ihr geantwortet, sie solle sich nicht härmen. Hauptsache, sie lebe mit dem Mann in Eintracht, alles andere werde schon in Ordnung kommen. Und auch wegen des Sohnes solle sie sich nicht grämen. »Solange ich lebe, gebe ich den Jungen nicht weg, und wenn ich sterbe, wird Gott ihn führen, ein lebendiger Mensch geht seinen Weg...« Während Tante Bekej und die Großmutter dem Alten zuhörten, seufzten sie immer wieder und weinten sogar gemeinsam.

Hier beim Tee kamen sie auch auf den Vater zu sprechen. Der Großvater hatte gehört, sein ehemaliger Schwiegersohn, der Vater des Jungen, arbeite noch immer als Matrose auf einem Dampfer und habe ebenfalls eine neue Familie, zwei oder drei Kinder. Sie wohnten bei der Anlegestelle. Er habe sich das Trinken abgewöhnt. Und die neue Frau gehe jedesmal mit den Kindern auf die Anlegestelle, um ihn zu begrüßen. Aha, dachte der Junge, sie begrüßten diesen Dampfer, seinen Dampfer...

Der Dampfer fuhr und entfernte sich langsam. Weiß und langgestreckt – so glitt er mit rauchenden Schornsteinen über die blaue Glätte des Sees und wußte nicht, daß ein Junge zu ihm schwamm, der sich in einen Fisch verwandelt hatte.

Dieser träumte davon, sich so in einen Fisch zu verwandeln, daß alles an ihm fischartig würde – Körper, Schwanz, Flossen, Schuppen – und daß nur sein Kopf blieb, wie er war, sein großer, runder, auf dünnem Hals ruhender Kopf mit den abstehenden Ohren und der zerkratzten Nase. Und auch die

Augen sollten so bleiben. Natürlich nicht ganz: sie sollten sehen können wie Fischaugen. Der Junge hatte lange Wimpern wie das Kalb, und sie klappten ganz von allein dauernd zu und auf. Guldshamal sagte, wenn doch ihre Tochter auch solche bekäme, was würde sie dann für eine Schönheit! Aber wozu eine Schönheit sein? Wichtigkeit! Er brauchte keine schönen Augen, er brauchte Augen, mit denen er unter Wasser sehen konnte.

Die Verwandlung sollte in Großvaters Planschbecken vor sich gehen. Eins, zwei, drei – und er ist ein Fisch. Dann schnellt er sofort aus dem Planschbecken hinüber in den Fluß, direkt in die reißende Strömung, und schwimmt mit der Strömung flußabwärts. Dabei springt er immer wieder hinaus und schaut sich nach allen Seiten um, denn nur unter Wasser zu schwimmen ist uninteressant. So flitzt er den schnellen Fluß hinunter, vorbei an der Steilwand aus rotem Lehm, durch Stromschnellen und Strudel, zwischen Bergen und Wäldern. Seinen geliebten Steinen ruft er zum Abschied zu: »Auf Wiedersehen, ›liegendes Kamel‹, auf Wiedersehen, Wolf‹, auf Wiedersehen, ›Sattel‹, auf Wiedersehen ›Panzer‹!« Wenn er an der Försterei vorbeischwimmt, springt er aus dem Wasser und winkt mit der Flosse dem Großvater zu. »Auf Wiedersehen, Ata, ich komme bald wieder.« Der Großvater ist ganz verdattert ob dieses Wunders und weiß nicht, wie ihm geschieht. Großmutter, Tante Bekej und Guldshamal mit dem Töchterchen werden offenen Mundes dastehen. Hat man denn je gesehen, daß einer einen Menschenkopf und einen Fischkörper hat! Aber er winkt ihnen mit der Flosse zu. »Auf Wiedersehen, ich schwimme in den Issyk-Kul, zum weißen Dampfer. Dort ist mein Papa, der Matrose.« Baltek läuft gewiß am Ufer entlang. Auch der Hund hat so etwas schließlich noch nie gesehen. Und wenn er sich zu ihm ins Wasser stürzen will, ruft der Junge: »Das geht nicht, Baltek, das geht nicht. Du ertrinkst!« und

schwimmt weiter. Er taucht unter den Seilen der Hängebrücke hindurch, schwimmt längs der Uferwälder im Tal und gelangt später durch die polternde Bergschlucht direkt in den Issyk-Kul.
Der Issyk-Kul ist ein ganzes Meer. Der Junge schwimmt auf seinen Wellen, von Welle zu Welle und immer wieder von Welle zu Welle – da kommt ihm der weiße Dampfer entgegen. »Guten Tag, weißer Dampfer, ich bin's!« sagt er zu dem Dampfer. »Ich war es, der dich immer durchs Fernglas beobachtet hat.« Die Leute auf dem Dampfer staunen und laufen zusammen, um das Wunder zu sehen. Er aber sagt zu seinem Vater, dem Matrosen: »Guten Tag, Papa, ich bin dein Sohn. Ich bin zu dir geschwommen.« – »Du willst mein Sohn sein? Du bist ja halb Fisch, halb Mensch!« – »Nimm mich zu dir auf den Dampfer, dann werde ich wieder dein richtiger Sohn.« – »Na schön, versuchen wir's mal.« Der Vater wirft ein Netz aus, fischt ihn aus dem Wasser und hebt ihn an Deck. Jetzt verwandelt sich der Junge zurück in sich selbst. Und dann, dann ...
Dann fährt der weiße Dampfer weiter. Der Junge erzählt dem Vater alles, was er weiß, sein ganzes Leben. Von den Bergen, in denen er lebt, von den Steinen, von dem Fluß und dem Naturschutzwald, von Großvaters Planschbecken, in dem er schwimmen gelernt hat wie ein Fisch, mit offenen Augen.
Natürlich erzählt er auch, wie es ihm beim Großvater Momun geht. Der Vater soll nicht denken, daß ein Mensch schlecht ist, weil er Rühriger Momun genannt wird. Einen Großvater wie Momun gibt es nirgends auf der Welt, er ist der beste. Aber er ist kein bißchen listig, deshalb lachen alle über ihn. Onkel Oroskul schreit ihn zuweilen sogar an, den alten Mann! Es kommt vor, daß er ihn vor allen Leuten anschreit. Und statt sich zu verteidigen, verzeiht der Großvater Onkel Oroskul alles und arbeitet sogar für ihn im Wald und

in der Wirtschaft. Und wie er da arbeitet! Wenn Onkel Oroskul betrunken nach Hause kommt, spuckt der Großvater ihm nicht in die gewissenlosen Augen, sondern hilft ihm vom Pferd, führt ihn ins Haus, legt ihn aufs Bett und deckt ihn mit dem Pelzmantel zu, damit er nicht friert und keine Kopfschmerzen bekommt, dem Pferd nimmt er den Sattel ab, striegelt es und gibt ihm Futter. Und das alles bloß, weil Tante Bekej keine Kinder kriegt. Warum ist das so, Papa? Es wär doch besser, hieße es: Wenn du willst, gebäre, wenn nicht, ist es auch nicht schlimm. Der Großvater hat Mitleid mit Tante Bekej, wenn Oroskul sie schlägt. Ihm wäre es lieber, wenn Oroskul *ihn* schlüge. So sehr leidet er, wenn Tante Bekej schreit. Aber was kann er tun? Er möchte der Tochter helfen, doch die Großmutter verbietet es ihm. »Misch dich nicht ein«, sagt sie, »die kommen allein zurecht. Was geht's dich Alten an? Sie ist nicht deine Frau, bleib hier.« – »Aber sie ist doch meine Tochter!« Darauf die Großmutter: »Was würdest du tun, wenn sie nicht Haus an Haus neben dir wohnten, sondern weit weg? Würdest du jedesmal hingaloppieren, um sie auseinanderzubringen? Und wer würde sie dann noch zur Frau haben wollen?«
Die Großmutter, von der ich spreche, ist nicht die von früher. Du kennst sie wahrscheinlich nicht, Papa. Das ist eine andere Großmutter. Die richtige ist gestorben, als ich noch klein war. Und dann kam diese. Bei uns ist oft unbegreifliches Wetter – mal klar, mal trüb, mal regnet und hagelt es. Die Großmutter ist genauso unbegreiflich. Mal ist sie gut, mal böse, mal weder gut noch böse. Wenn sie sich ärgert, drangsaliert sie einen. Großvater und ich schweigen dann. Sie sagt: Gib einem Fremden zu trinken und zu essen, er wird trotzdem nie das Böse vergessen. Aber ich bin doch kein Fremder, Papa. Ich hab hier immer mit dem Großvater gelebt. Sie ist doch die Fremde, sie ist erst später zu uns gekommen. Und mich nennt sie einen Fremden.

Im Winter geht mir bei uns der Schnee bis an den Hals. Und Schneewehen gibt es! Wenn man in den Wald will, kommt man nur auf dem grauen Pferd Alabasch durch, es bahnt sich mit der Brust einen Weg. Und der Wind ist hier so stark, man kann sich nicht auf den Beinen halten. Wenn auf dem See Wellengang ist, wenn dein Dampfer von einer Seite auf die andere kippt, dann kommt das von unserm San-Tasch-Wind. Der Großvater hat erzählt, vor sehr, sehr langer Zeit sind feindliche Truppen gekommen, um dieses Land zu erobern. Aber da hat von unserer Schlucht San-Tasch ein solcher Wind geweht, daß die Feinde sich nicht im Sattel halten konnten. Sie saßen ab, aber auch zu Fuß kamen sie nicht weiter. Der Wind peitschte ihnen so ins Gesicht, daß sie bluteten. Da wandten sie sich vom Wind ab, doch der Wind stieß sie in den Rücken, ließ sie nicht zurückblicken, nicht stehenbleiben und verjagte sie bis auf den letzten Mann vom Issyk-Kul. So ist es gewesen. Aber wir leben in diesem Wind! Bei uns fängt er an. Den ganzen Winter hindurch knarrt, heult und stöhnt der Wald im Wind. Man kriegt richtig Angst. Im Winter gibt's im Wald nicht viel zu tun. Im Winter ist es bei uns ganz einsam – anders als im Sommer, wenn die Nomadenlager kommen. Ich habe es sehr gern, wenn im Sommer die Leute mit Schaf- und Pferdeherden auf der großen Wiese zur Nacht bleiben. Freilich ziehen sie am Morgen weiter in die Berge, aber trotzdem ist es schön mit ihnen. Ihre Kinder und Frauen kommen mit Lastwagen. Darauf transportieren sie ihre Jurten und allerlei Gepäck. Wenn sie sich ein bißchen eingerichtet haben, gehen Großvater und ich sie begrüßen. Wir geben allen die Hand. Ich auch. Großvater sagt, der Jüngere muß immer als erster dem Älteren die Hand geben. Wer nicht die Hand gibt, hat keine Achtung vor den Menschen. Und dann sagt der Großvater, daß von sieben Menschen einer ein Prophet sein kann. Ein Prophet ist ein sehr guter und kluger Mensch. Und wer ihm die Hand

gibt, wird fürs ganze Leben glücklich. Aber ich meine: Wenn das so ist, warum sagt dann der Prophet nicht, daß er ein Prophet ist, dann würden wir ihm alle die Hand geben. Da lacht der Großvater: Das ist es ja gerade, sagt er, der Prophet weiß ja selber nicht, daß er ein Prophet ist – er ist ein einfacher Mensch. Nur der Räuber weiß von sich, daß er ein Räuber ist. Das verstehe ich nicht ganz, doch ich begrüße immer die Leute, obwohl es mir ein bißchen peinlich ist.
Aber wenn ich mit Großvater auf die Wiese komme, geniere ich mich nicht.
»Herzlich willkommen auf den Sommerweideplätzen der Väter und Vorväter! Sind alle wohlauf, das Vieh, die Menschen und die Kinderschar?« sagt der Großvater. Ich grüße nur mit Handschlag. Den Großvater kennen alle, und er kennt alle. Er ist gut dran, er hat seine Gespräche, er fragt die Ankömmlinge aus und erzählt ihnen, wie wir leben. Ich weiß nicht, worüber ich mit den Kindern reden soll. Aber dann spielen wir Versteck und Krieg und geraten so in Eifer, daß wir nicht aufhören wollen. Wenn doch immer Sommer wäre, wenn ich doch immer mit den Kindern auf der Wiese spielen könnte!
Während wir spielen, werden die Lagerfeuer angezündet. Denkst du, Papa, davon wird es ganz hell auf der Wiese? Überhaupt nicht! Bloß am Feuer ist es hell, außerhalb des Lichtscheins ist es dunkler als vorher. Da spielen wir Krieg, verstecken uns in der Dunkelheit, greifen an, und es kommt uns so vor, als wären wir im Kino. Wenn du Kommandeur bist, gehorchen dir alle. Bestimmt freut sich ein Kommandeur, daß er Kommandeur ist ...
Und dann geht der Mond hinter den Bergen auf. Im Mondschein spielt es sich noch schöner, doch der Großvater nimmt mich mit nach Hause. Wir gehen über die Wiese, durch die Büsche. Die Schafe liegen ganz still. Ringsum weiden Pferde. Wir hören, wie jemand ein Lied singt. Der

Schafhirt ist jung, vielleicht aber auch alt. Der Großvater hält mich zurück. »Horch mal, solche Lieder hörst du nicht alle Tage.« Wir stehen und horchen. Momun seufzt und nickt mit dem Kopf im Takt des Liedes.
Der Großvater erzählt, in früheren Zeiten war ein Khan bei einem anderen in Gefangenschaft. Dieser Khan sagte zu seinem Gefangenen: »Wenn du willst, kannst du bei mir als Sklave leben, oder ich erfülle dir deinen sehnlichsten Wunsch und töte dich dann.« Der andere dachte nach und antwortete: »Als Sklave möchte ich nicht leben. Töte mich lieber, doch vorher laß aus meiner Heimat den erstbesten Hirten kommen.« – »Wozu brauchst du ihn?« – »Ich will vor meinem Tode noch einmal hören, wie er singt.« Der Großvater sagt, für ein Heimatlied geben manche Menschen das Leben hin. Was mögen das für Menschen sein, die möchte ich sehen. Wahrscheinlich leben sie in den Großstädten?
»Wie schön sich das anhört!« flüstert der Großvater. »Welch herrliche Lieder, mein Gott ...«
Ich weiß nicht, warum, mir tut der Großvater so leid, und ich habe ihn so lieb, daß ich weinen möchte ...
Frühmorgens ist die Wiese leer. Sie haben die Schafe und Pferde für den ganzen Sommer in die Berge getrieben. Nach ihnen kommen Nomadenlager aus anderen Kolchosen. Am Tage verweilen sie nicht, sondern ziehen vorüber. Aber zur Nacht rasten sie auf der Wiese, und der Großvater und ich gehen sie begrüßen. Er begrüßt sehr gern die Leute, und ich habe es von ihm gelernt. Vielleicht werde ich einmal auf der Wiese einen richtigen Propheten begrüßen ...
Im Winter fahren Onkel Oroskul und Tante Bekej in die Stadt zum Doktor. Sie sagen, der Doktor kann helfen, er kann Arzneien geben, damit ein Kind geboren wird. Doch die Großmutter meint, es wäre besser, zu einer heiligen Stätte zu fahren. Das ist irgendwo hinter den Bergen, wo Baumwolle auf den Feldern wächst. Die Gegend ist so flach,

daß man denkt, da dürfte es gar keine Berge geben, und doch ist da ein heiliger Berg, der Suleimanberg. Wenn man am Fuß des Berges ein schwarzes Schaf schlachtet und zu Gott betet, auf den Berg steigt, sich bei jedem Schritt verneigt und Gott schön bittet, so erbarmt er sich vielleicht und schenkt ein Kind. Tante Bekej möchte sehr gern zum Suleimanberg, aber Onkel Oroskul hat keine große Lust. Es ist weit, sagt er, viel Geld braucht man dafür. Man kommt nur mit dem Flugzeug über die Berge. Bis zum Flugzeug ist es weit zu fahren, und das kostet auch Geld...

Wenn sie in die Stadt fahren, bleiben wir ganz allein in der Försterei. Wir und unsere Nachbarn – Onkel Sejdachmat, seine Frau Guldshamal und ihr kleines Töchterchen. Das sind alle.

Am Abend, wenn die Arbeit beendet ist, erzählt mir der Großvater Märchen. Ich weiß, hinter dem Haus ist stockfinstere, eiskalte Nacht. Ein grimmiger Wind weht. Selbst die größten Berge ängstigen sich in solchen Nächten und rücken haufenweise näher an unser Haus, an das Licht in den Fensterchen heran. Davon wird mir bange und froh zumute. Wenn ich ein Riese wäre, würde ich mir den Riesenpelzmantel anziehen und aus dem Haus gehen. Ich würde laut zu den Bergen sagen: »Habt keine Angst, Berge! Ich bin hier. Wenn der Wind auch heult, wenn es auch dunkel ist, wenn auch ein Schneesturm tobt, ich habe keine Angst, und ihr braucht euch auch nicht zu fürchten. Bleibt auf euren Plätzen und rückt nicht so eng zusammen.« Dann würde ich durch die Schneewehen gehen, den Fluß überschreiten und den Wald besuchen. Die Bäume sind doch nachts im Wald ganz verzagt. Sie sind allein, niemand sagt ihnen ein Wort. Die nackten Bäume frieren in der Kälte, können nirgends unterschlüpfen. Ich würde in den Wald gehen und jedem Baum auf den Stamm klopfen, damit er sich nicht ängstigt. Die Bäume, die im Frühling nicht grün werden, sind wahr-

scheinlich die, die vor Angst erstarrt sind. Wir fällen dann diese trockenen Bäume für Brennholz.
Über all dies denke ich nach, wenn mir der Großvater Märchen erzählt. Er erzählt lange. Es gibt verschiedene Märchen – auch lustige, besonders das vom Däumling Tschypalak, den ein habgieriger Wolf zu seinem Unglück verschluckte. Nein, zuerst fraß ihn ein Kamel. Tschypalak war unter einem Blatt eingeschlafen, das Kamel strich vorüber und fraß ihn – happ – mitsamt dem Blatt. Deshalb sagt man auch, das Kamel wisse nicht, was es verschluckt. Tschypalak schrie und rief um Hilfe. Die Alten mußten das Kamel schlachten, um ihrem Tschypalak herauszuhelfen. Noch toller kam es mit dem Wolf, der Tschypalak in seiner Dummheit verschluckte und dann bittere Tränen weinte. Eines Tages begegnete der Wolf Tschypalak. »Was für ein Käfer kriecht da unter meinen Beinen herum? Ich verschling dich im Handumdrehen.« Doch Tschypalak sagt: »Rühr mich nicht an, Wolf, sonst mache ich einen Hund aus dir.« – »Haha«, lacht der Wolf, »wo hat's das je gegeben, daß aus einem Wolf ein Hund wurde? Für deine Frechheit freß ich dich auf.« Er verschlingt ihn und vergißt ihn. Doch von diesem Tag an büßt er sein Wolfsleben ein. Sobald er sich an Schafe heranschleichen will, schreit Tschypalak in seinem Bauch: »He, ihr Hirten, schlaft nicht! Ich bin's, der graue Wolf, ich komme geschlichen, um ein Schaf fortzuschleppen!« Der Wolf weiß nicht, wie ihm geschieht. Er beißt sich in die Seite und wälzt sich an der Erde. Aber Tschypalak läßt nicht locker: »He, ihr Hirten, kommt her und schlagt mich, immer feste drauf!« Die Hirten stürzen sich mit Knüppeln auf den Wolf, doch der Wolf rennt davon. Die Hirten laufen und wundern sich. Der Wolf ist wohl verrückt geworden, er läuft und schreit: »Holt mich ein!« Doch er kommt mit heiler Haut davon. Dadurch wird es jedoch für ihn nicht leichter. Wohin er sich auch immer wendet, überall legt Tschypalak ihn herein. Überall jagt

man ihn weg und lacht ihn aus. Der Wolf magert vom Hungern ab, ist nur noch Haut und Knochen. Er knackt mit den Zähnen und winselt: »Was ist das für eine Strafe? Warum beschwör ich selbst das Unglück über mich herauf? Ich bin auf meine alten Tage blöd geworden, hab den Verstand verloren.« Aber Tschypalak flüstert ihm ins Ohr: »Lauf zu Taschmat, er hat fette Schafe! Lauf zu Baimat, er hat taube Hunde. Lauf zu Ermat, seine Hirten schlafen.« Doch der Wolf sitzt und schluchzt: »Nirgends geh ich hin, lieber verdinge ich mich bei irgendwem als Hund...«

Ein lustiges Märchen, nicht wahr, Papa? Der Großvater weiß auch andere, traurige und schreckliche. Aber mein Lieblingsmärchen ist das Märchen von der Gehörnten Hirschmutter. Der Großvater sagt, jeder, der am Issyk-Kul lebt, müsse dieses Märchen kennen. Es sei eine Sünde, wenn man es nicht kennt. Kennst du es, Papa? Großvater sagt, es sei wahr. Das sei einst so geschehen. Wir alle seien Kinder der Gehörnten Hirschmutter. Ich, du und alle anderen...

So leben wir im Winter. Lange zieht er sich hin. Ohne Großvaters Märchen würde ich mich im Winter sehr langweilen. Aber im Frühling ist es bei uns schön. Wenn es richtig warm wird, kommen die Schafhirten wieder in die Berge. Dann sind wir nicht mehr allein. Nur hinter dem Fluß ist niemand, nur Wald und alles, was zum Wald gehört. Dazu leben wir ja auch in der Försterei, damit niemand seinen Fuß dorthin setzt, damit niemand auch nur einen Zweig anrührt. Zu uns sind sogar Gelehrte gekommen. Zwei Frauen, beide in Hosen, ein alter Mann und noch ein junger Bursche. Der junge Bursche studierte bei ihnen. Einen ganzen Monat haben sie hier gewohnt. Sie sammelten Kräuter, Blätter und Zweige. Sie sagten, daß es auf der Erde nur noch sehr wenige solcher Wälder gibt wie bei uns in der San-Tasch-Schlucht. Man könne sagen, fast gar keine mehr. Und deshalb müsse man jeden Baum im Wald erhalten.

Und ich dachte, dem Großvater tut es einfach o um jeden Baum leid. Ihm mißfällt es sehr, wenn Onkel Oroskul Kiefernstämme verschenkt...

III

Der weiße Dampfer entfernte sich. Seine Schornsteine waren durchs Fernglas schon nicht mehr zu erkennen. Bald würde er dem Blick entschwunden sein. Für den Jungen war es jetzt an der Zeit, sich für seine Fahrt auf Vaters Dampfer ein Ende auszudenken. Alles war sehr schön geraten, bloß der Schluß wollte nicht glücken. Wie er sich in einen Fisch verwandelt, wie er durch den Fluß zum See schwimmt, wie ihm der weiße Dampfer entgegenkommt und wie er dem Vater begegnet, konnte er sich leicht vorstellen. Auch alles, was er dem Vater erzählt. Aber weiter kam er nicht. Da ist zum Beispiel schon das Ufer zu sehen. Der Dampfer steuert auf die Anlegestelle zu. Die Matrosen machen sich fertig, an Land zu gehen, nach Hause. Der Vater muß auch nach Hause gehen. Seine Frau und zwei Kinder erwarten ihn an der Anlegestelle. Was nun? Soll er mit dem Vater gehen? Wird der ihn mitnehmen? Und wenn er ihn mitnimmt, wird seine Frau ihn fragen: »Wer ist denn das, wo kommt er her, was soll er hier?« Nein, lieber nicht mitgehen...

Der weiße Dampfer entfernte sich immer weiter, verwandelte sich in einen kaum sichtbaren Punkt. Die Sonne versank schon im Wasser. Durch das Fernglas war zu sehen, wie grell die feurigviolette Oberfläche des Sees leuchtete.

Der Dampfer fuhr davon und verschwand. Damit war auch das Märchen vom weißen Dampfer zu Ende. Der Junge mußte nach Hause.

Er hob die Tasche auf und klemmte das Fernglas unter den Arm. Flugs eilte er hinab, rannte im Zickzack den Hang hin-

unter. Je näher er dem Hause kam, desto beklommener wurde ihm ums Herz. Mußte er doch für das vom Kalb zerkaute Kleid einstehen. Er konnte schon an nichts anderes als an die Strafe denken. Um nicht ganz den Mut zu verlieren, sagte er zur Tasche: »Du brauchst keine Angst zu haben. Na ja, sie werden uns ausschimpfen. Ich hab's ja nicht mit Absicht getan. Ich hab bloß nicht gewußt, daß das Kalb weggelaufen war. Sie werden mir eine Kopfnuß geben. Das ertrag ich schon. Und erschrick nicht, wenn sie dich zu Boden schleudern. Zerschlagen kannst du nicht, bist ja eine Tasche. Wenn der Großmutter das Fernglas in die Hände fällt, geht's ihm schlecht. Wir verstecken es erst in der Scheune und gehen dann hinein...«
So tat er es auch. Ängstlich überschritt er die Schwelle. Doch im Haus herrschte angespannte Stille. Auf dem Hof war es so still und menschenleer, als hätten alle diesen Ort verlassen. Es stellte sich heraus, daß Tante Bekej wieder von ihrem Mann geschlagen worden war. Und wieder hatte Großvater Momun den übergeschnappten Schwiegersohn beschwichtigen, hatte ihn anflehen, beschwören, sich von ihm bedrohen lassen und die ganze Schmach ansehen müssen – die verprügelte, zerzauste, heulende Tochter. Und hatte anhören müssen, wie sie in seiner, des leiblichen Vaters, Gegenwart mit den übelsten Wörtern beschimpft, wie sie als unfruchtbare Hündin, als dreimal verdammte sterile Eselin und mit anderen Ausdrücken geschmäht wurde. Hatte anhören müssen, wie sie mit wilder, irrer Stimme ihr Schicksal verfluchte: »Bin ich vielleicht schuld, daß Gott mich nicht schwanger werden läßt? Wieviel Frauen auf der Welt sind fruchtbar wie die Schafe, und mich hat der Himmel verwünscht. Wofür? Womit hab ich dieses Leben verdient? Töte mich doch, du Ungeheuer! Na los, schlag zu, schlag zu!«
Der alte Momun saß gramgebeugt mit gesenkten Augen in

der Ecke und atmete noch immer schwer, und seine Hände auf den Knien zitterten. Er war sehr bleich.
Momun blickte den Enkel an, sagte nichts und schloß wieder müde die Augen. Die Großmutter war nicht im Hause. Sie war hinübergegangen, um Tante Bekej mit ihrem Mann auszusöhnen, bei ihnen Ordnung zu schaffen und das zerschlagene Geschirr wegzuräumen. So war sie, die Großmutter: Wenn Oroskul seine Frau schlug, mischte sie sich nicht ein und hielt auch den Großvater zurück. Aber hinterher ging sie ihnen zureden, sie beschwichtigen. Das war wenigstens etwas.
Am meisten tat dem Jungen der Großvater leid. An solchen Tagen starb der alte Mann beinahe. Wie betäubt hockte er in seiner Ecke und zeigte sich niemandem. Keiner Menschenseele vertraute er an, worüber er nachdachte. Momun dachte in solchen Momenten daran, daß er schon alt war und daß sein einziger Sohn im Krieg gefallen war. Niemand wußte etwas von ihm, niemand erinnerte sich an ihn. Wenn der Sohn noch lebte, wäre vielleicht alles anders gekommen. Momun dachte auch sehnsüchtig an seine verstorbene Frau, mit der er ein ganzes Menschenalter zusammen gelebt hatte. Doch das größte Verhängnis war, daß seine Töchter kein Glück hatten. Die jüngere, die ihm den Enkel dagelassen hatte, war in die Stadt gegangen und schlug sich mit einer großen Familie in einem einzigen Zimmer kümmerlich durch. Die andere quälte sich hier mit Oroskul. Und obwohl der Alte bei ihr war und ihretwegen so viel erduldete, blieb und blieb ihr das Mutterglück versagt. Dabei lebte sie so lange mit Oroskul. Das Leben mit ihm war ihr schon unerträglich geworden, aber wo sollte sie hin? Und was würde, wenn er selbst plötzlich starb? Schließlich war er schon alt. Wie würde es ihr dann ergehen, der unglücklichen Tochter?
Der Junge schlürfte hastig eine Tasse saure Milch, aß ein Stück Fladen und setzte sich still ans Fenster. Er machte kein

Licht, denn er wollte den Großvater nicht stören; mochte der nur sitzen und nachdenken.
Der Junge hing auch seinen Gedanken nach. Er verstand nicht, warum Tante Bekej ihrem Mann Wodka gab. Der schlug sie mit den Fäusten, und sie holte dann noch einen halben Liter...
Ach, Tante Bekej, Tante Bekej! Wie oft hat dein Mann dich halbtot geprügelt, und du verzeihst ihm. Auch Großvater Momun verzeiht ihm immer. Aber warum verzeihen? Solchem Menschen braucht man nicht zu verzeihen. Er ist ein nichtswürdiger, gemeiner Mensch. Er wird hier nicht gebraucht. Wir kommen auch ohne ihn aus.
Seine erbitterte Kinderphantasie malte dem Jungen ein lebendiges Bild der gerechten Strafe. Sie alle stürzen sich auf Oroskul und zerren ihn, das dicke, schmutzige Ungeheuer, zum Fluß. Hier schwenken sie ihn ein paarmal hin und her und werfen ihn dann mitten in die Strudel. Oroskul bittet Tante Bekej und Großvater Momun um Verzeihung. Denn er kann sich nicht in einen Fisch verwandeln...
Dem Jungen wurde leichter ums Herz. Er mußte sogar lachen, wenn er in seinen Träumen sah, wie Oroskul im Fluß zappelte und daneben sein Velvethut schwamm.
Doch die Erwachsenen taten zum großen Leidwesen des Jungen nicht das, was er für gerecht hielt, sondern genau das Gegenteil. Wenn Oroskul schon angetrunken nach Hause kam, empfingen sie ihn, als wäre nichts. Der Großvater nahm das Pferd in Empfang, und seine Frau stellte eilig den Samowar auf. Alle schienen nur auf ihn gewartet zu haben. Und er spielte den Herrn. Zuerst war er traurig und weinte. Wie kommt es, sagte er, daß jeder Mensch, selbst der größte Nichtsnutz, dem man nicht einmal die Hand zu geben braucht, Kinder hat, soviel sein Herz begehrt, fünf und sogar zehn? Inwiefern war er, Oroskul, schlechter als die anderen? Was fehlte ihm denn? Oder war er etwa nichts geworden?

Schließlich war er Gott sei Dank berittener Oberforstwart des Naturschutzwaldes! Oder war er irgendein Vagabund? Die Zigeuner haben doch Kinder im Überfluß, mehr als genug. Oder war er irgendein Unbekannter, genoß er etwa keinen Respekt? Doch. Er hatte alles. Er hatte ein Pferd unter dem Sattel und eine Peitsche in der Hand, und man brachte ihm Achtung entgegen. Warum also richteten seine Altersgefährten schon ihren Kindern die Hochzeit aus und er nicht? Wer war er ohne Sohn, ohne Nachkommen?

Tante Bekej weinte dann auch, lief geschäftig hin und her, wollte ihm einen Gefallen tun und holte eine versteckte Halbliterflasche hervor. Und trank selbst vor Kummer. So tranken sie immer mehr, bis Oroskul plötzlich zum Tier wurde und seine ganze Wut an der Frau ausließ. Und sie duldete alles. Auch der Großvater duldete es. Niemand legte Oroskul in Fesseln. Er wurde nüchtern, und am nächsten Morgen stellte seine Frau, obwohl sie am ganzen Körper blaue Flecke hatte, wieder den Samowar auf. Der Großvater hatte das Pferd schon mit Hafer gefüttert und gesattelt. Oroskul trank seinen Tee, saß auf und war wieder der Chef, der Herr aller Wälder der San-Tasch-Schlucht. Und niemand ahnte, daß es schon längst an der Zeit war, einen wie ihn in den Fluß zu werfen...

Es war schon dunkel. Draußen herrschte stockfinstere Nacht.

So endete dieser Tag, an dem dem Jungen die erste Schultasche gekauft wurde.

Als er zu Bett ging, fiel ihm kein Platz für die Tasche ein. Schließlich legte er sie neben sich ans Kopfende. Er wußte noch nicht, er würde erst später erfahren, daß die halbe Klasse genau so eine Tasche hatte. Aber das würde ihn nicht stören, seine Tasche würde trotzdem eine ungewöhnliche, eine ganz besondere Tasche sein. Er wußte auch nicht, daß ihn neue Ereignisse in seinem kleinen Leben erwarteten, daß ein Tag kommen würde, da er in der weiten Welt allein war und nur die Tasche bei ihm blieb. Und daß die Ursache für all dies sein Lieblingsmärchen von der Gehörnten Hirschmutter sein würde...

An diesem Abend hätte er das Märchen gern noch einmal gehört. Der alte Momun liebte es sehr und erzählte es so, als hätte er selbst alles gesehen, er seufzte und weinte dabei, verstummte dann und hing seinen Gedanken nach.

Doch der Junge traute sich nicht, den Großvater zu stören. Er verstand, daß der Großvater nicht zu Märchen aufgelegt war. »Wir bitten ihn ein andermal«, sagte er zu der Tasche. »Und jetzt erzähle ich dir selbst von der Gehörnten Hirschmutter, Wort für Wort wie der Großvater. Und ich erzähle so leise, daß niemand etwas merkt, hör gut zu. Ich erzähle gern und sehe dabei gern alles wie im Kino. Der Großvater sagt, das alles ist wahr. So ist es wirklich gewesen...«

IV

Es geschah dies vor langer Zeit. In jener fernen, längst vergangenen Epoche, als es auf der Erde mehr Wälder gab als Gras und in unserer Gegend mehr Wasser als Festland, lebte ein kirgisischer Stamm am Ufer eines großen und kalten Flusses. Enessai hieß dieser Fluß. Weit von hier, in Sibirien, zieht er sich hin. Mit dem Pferd muß man drei Jahre und drei Monate dorthin galoppieren. Jetzt heißt der Fluß Jenissej, doch dazumal wurde er Enessai genannt. Deshalb sang man auch dieses Lied:

Gibt es einen Fluß, der breiter ist als du, Enessai?
Gibt es ein Land, das uns teurer ist als du, Enessai?
Gibt es ein Leid, das tiefer ist als du, Enessai?
Gibt es eine Freiheit, die freier ist als du, Enessai?

Es gibt keinen Fluß, der breiter ist als du, Enessai,
es gibt kein Land, das uns teurer ist als du, Enessai.
Es gibt kein Leid, das tiefer ist als du, Enessai,
es gibt keine Freiheit, die freier ist als du, Enessai.

So war er, der Fluß Enessai.

Viele Völker wohnten damals am Enessai. Sie hatten es schwer, denn sie lebten in ständiger Feindschaft. Feinde umgaben den kirgisischen Stamm. Mal überfielen ihn die einen, mal die anderen, mal fielen die Kirgisen selbst über andere her, trieben das Vieh weg, setzten die Jurten in Brand und erschlugen die Menschen. Man tötete alle, derer man nur habhaft werden konnte – so waren damals die Zeiten. Der Mensch hatte kein Mitleid mit dem Menschen. Der Mensch vernichtete den Menschen. Es kam so weit, daß keiner mehr da war, der Getreide anbauen, Vieh züchten und auf die Jagd gehen wollte. Leichter war es, von Raub zu leben: Man kam, tötete und nahm. Für einen Mord aber mußte man mit noch mehr Blut bezahlen, für eine Rache mit einer noch größeren. Und je weiter das so ging, um so mehr Blut floß. Den Menschen hatte sich der Verstand getrübt. Niemand konnte die Feinde miteinander aussöhnen. Als Klügster und Bester galt, wer es verstand, den Feind zu überrumpeln, den feindlichen Stamm bis auf den letzten niederzumachen und sich seiner Herden und Reichtümer zu bemächtigen.

Ein seltsamer Vogel tauchte auf in der Taiga. Er sang und weinte nachts bis zur Morgendämmerung mit klagender menschlicher Stimme und sagte, von Ast zu Ast fliegend: »Ein großes Unglück kommt! Ein großes Unglück kommt!« Und so geschah es auch, der Schreckenstag brach an.

An diesem Tag trug der kirgisische Stamm am Enessai seinen alten Heerführer zu Grabe. Viele Jahre hatte der kühne Kultsche den Oberbefehl gehabt, viele Feldzüge hatte er geführt, in vielen Schlachten hatte er gestritten. Aus den Fehden war er unversehrt hervorgegangen, doch nun war seine Todesstunde gekommen. In großer Trauer verharrten die Stammesgenossen zwei Tage, und am dritten Tag kamen sie zusammen, um die sterblichen Überreste des Recken der Erde zu übergeben. Nach altem Brauch mußte der Heerführer auf seinem letzten Weg über die Steinwände und Uferböschungen des Enessai getragen werden, damit die Seele des Verstorbenen von dem mütterlichen Fluß Enessai Abschied nehmen konnte, denn »Ene« heißt Mutter und »Ssai« Flußbett, Fluß. Ein letztes Mal sollte seine Seele das Lied vom Enessai singen.

Gibt es einen Fluß, der breiter ist als du, Enessai?
Gibt es ein Land, das uns teurer ist als du, Enessai?
Gibt es ein Leid, das tiefer ist als du, Enessai?
Gibt es eine Freiheit, die freier ist als du, Enessai?

Es gibt keinen Fluß, der breiter ist als du, Enessai,
es gibt kein Land, das uns teurer ist als du, Enessai.
Es gibt kein Leid, das tiefer ist als du, Enessai,
es gibt keine Freiheit, die freier ist als du, Enessai.

Auf dem Grabhügel mußte man den Recken vor dem offenen Grab über die Köpfe heben und ihm die vier Himmelsrichtungen zeigen. »Da ist dein Fluß. Da ist dein Himmel. Da ist dein Land. Hier sind wir, die wir mit dir eines Ursprungs sind. Wir alle sind gekommen, um von dir Abschied zu nehmen. Ruhe in Frieden.« Den kommenden Generationen zum Gedächnis sollte auf dem Grab des Recken ein Steinblock errichtet werden.

Für die Tage des Begräbnisses waren die Jurten des ganzen Stammes in einer Reihe am Flußufer aufgebaut worden, damit jede Familie an ihrer Schwelle von dem Recken Abschied nehmen konnte, wenn sein Leichnam zur Beerdigung getragen wurde; sie würden dann die weiße Trauerfahne zur Erde senken, wehklagen und weinen und sich darauf mit allen anderen zur nächsten Jurte begeben, wo wieder gewehklagt und geweint und die weiße Trauerfahne gesenkt würde, und so sollte es weitergehen bis zum Ende des Wegs, bis zum Grabhügel.

Am Morgen jenes Tages stand die Sonne bereits hoch am Himmel, als alle Zurüstungen beendet waren. Herausgetragen waren die Buntschuks des Recken, Stangen mit Roßschweifen, herausgetragen war seine Kampfesrüstung – Schild und Speer. Sein Pferd trug schon die Totendecke. Die Trompeter schickten sich an, die Kriegstrompeten, die Karnei, zu blasen, die Trommler machten sich bereit, die Trommeln, die Dobulbassy, zu schlagen, auf daß die Taiga erbebte, die Vögel in Scharen zum Himmel flögen und schreiend und stöhnend dort kreisten, die wilden Tiere mit schrecklichem Schnauben durchs Dickicht rasten, das Gras sich an die Erde schmiegte, das Echo durch die Berge rollte und die Berge erzitterten. Die Klageweiber lösten ihr Haar, um unter Tränen den Recken Kultsche zu besingen. Die Dshigiten ließen sich auf ein Knie nieder, um seine sterblichen Überreste auf ihre kräftigen Schultern zu heben. Alle waren bereit und warteten, daß der Tote herausgebracht würde. Am Waldrand standen angeleint neun Opferstuten, neun Opferstiere und neun mal neun Opferlämmer für dic Totenfeier.

Da geschah das Unvorhergesehene. Wie die Völker am Enessai auch immer einander befehdeten – während des Begräbnisses eines Anführers war es nicht üblich, gegen die Nachbarn ins Feld zu ziehen. Jetzt aber sprengten die Heerscharen der Feinde, die im Morgengrauen unbemerkt das in Trauer versunkene Lager der Kirgisen umzingelt hatten, von allen Seiten zugleich aus ihren Verstecken hervor, so daß kein Kirgise mehr aufsitzen oder zur Waffe greifen konnte.

Ein bespielloses Gemetzel begann. Alle nacheinander wurden erschlagen. So hatten es die Feinde ausgeheckt, um mit einem Schlag den verwegenen Stamm der Kirgisen zu vernichten. Sie töteten alle ohne Ausnahme, damit keiner übrigbleibe, der sich an diese Greueltat erinnern noch Rache nehmen konnte, damit der Zeiten Flugsand die Spuren der Vergangenheit verwehe. Als hätte es den Stamm nie gegeben...

Lange währt es, bis ein Mensch geboren und aufgezogen ist, aber ihn töten – das ist schnell getan. Viele lagen schon niedergemetzelt und schwammen in ihren Blutlachen, viele stürzten sich in den Fluß, um sich vor den Schwertern und Lanzen zu retten, und ertranken in den Wellen des Enessai. Längst des Ufers, längs der Steinhänge und Uferböschungen brannten über mehrere Werst lichterloh die kirgisischen Jurten. Niemand konnte fliehen, keiner blieb am Leben. Alles wurde zerstört und niedergebrannt. Die Leichen der Gemetzelten wurden von den Steilhängen in den Enessai geworfen. Die Feinde frohlockten: »Jetzt ist dieses Land unser! Jetzt sind diese Wälder unser! Jetzt sind diese Herden unser!«

Mit reicher Beute entfernten sich die Feinde und bemerkten nicht, daß zwei Kinder, ein Junge und ein Mädchen, aus dem Wald zurückkehrten. Die ungehorsamen und ungezogenen Kinder waren schon am Morgen heimlich von den Eltern weg in den nahen Wald gelaufen, um Bast für Handkörbe zu schälen. Über dem Spiel hatten sie die Zeit vergessen und sich immer tiefer im Dickicht verloren. Als sie den Lärm und die Schreie des Gemetzels hörten und zurückliefen, fanden sie Väter und Mütter, Brüder und Schwestern nicht mehr lebend vor. Sie hatten keine Sippe, keinen Stamm mehr. Weinend liefen sie von Brandstätte zu Brandstätte, trafen aber nirgends eine Menschenseele. In einer einzigen Stunde waren sie verwaist, allein geblieben in der weiten Welt. In der

Ferne wölkte Staub, die Feinde trieben die Viehherden fort, die sie bei dem blutigen Überfall erbeutet hatten.
Die Kinder sahen den von den Hufen aufgewirbelten Staub und rannten hinterher. Weinend und rufend suchten sie den erbarmungslosen Feind einzuholen. Nur Kinder können so handeln. Statt sich vor den Mördern zu verbergen, wollten sie zu ihnen. Bloß nicht allein bleiben, bloß weg von der verwüsteten und verfluchten Stätte! Einander bei den Händen haltend, stürmten der Junge und das Mädchen den Viehdieben nach und baten sie, zu warten und sie mitzunehmen. Aber wer sollte ihre schwachen Stimmchen hören in dem Gepolter, Gewieher und Getrappel, im rasenden Lauf der Herden!
Lange rannten die beiden Kinder voller Verzweiflung. Aber sie schafften es nicht. Erschöpft fielen sie um und fürchteten, sich umzuschauen oder sich zu rühren. Es gruselte ihnen. Sie schmiegten sich aneinander und merkten nicht, wie sie einschliefen.
Nicht von ungefähr heißt es, ein Waisenkind habe sieben Schutzengel. Die Nacht verging ohne Ungemach. Die wilden Tiere rührten sie nicht an, die Waldungeheuer schleppten sie nicht fort. Als sie erwachten, war es Morgen. Die Sonne schien, die Vögel sangen. Die Kinder standen auf und folgten wieder der Spur der Viehherden. Unterwegs sammelten sie Beeren und Wurzeln. So gingen und gingen sie und blieben am dritten Tag auf einem Berg stehen. Als sie hinunterschauten, sahen sie, daß dort auf einer grünen Wiese ein großes Festmahl im Gange war. Unzählbar die aufgebauten Jurten, unzählbar die rauchenden Lagerfeuer, unzählbar das Volk um die Lagerfeuer. Mädchen schaukelten auf einer Wippe und sangen Lieder. Athleten umkreisten einander zur Belustigung des Volkes wie Königsadler und warfen einander zu Boden. Die Feinde feierten ihren Sieg.
Der Junge und das Mädchen standen auf dem Berg und

konnten sich nicht entschließen, näher zu treten. Aber sie wünschten sich sehr, bei den Lagerfeuern zu sein, wo es so lecker nach gebratenem Fleisch, Brot und wilden Zwiebeln duftete.
Endlich hielten sie es nicht aus und stiegen den Berg hinunter. Die Feiernden wunderten sich über die Ankömmlinge und umringten sie in Scharen.
»Wer seid ihr? Woher kommt ihr?«
»Wir sind hungrig«, antworteten der Junge und das Mädchen, »gebt uns zu essen.«
Die Feinde erkannten an der Sprache, was das für Kinder waren. Da erhob sich großes Geschrei. Alle stritten, ob sie die übriggebliebene Feindsbrut gleich erschlagen oder zum Khan bringen sollten. Unterdes steckte eine mitleidige Frau den Kindern ein Stück gebratenes Pferdefleisch zu. Man schleppte sie zum Khan, wobei sie gierig aßen. Der Khan bewohnte eine hohe rote Jurte, vor der eine Wache mit silbernen Streitäxten stand. Die alarmierende Kunde, daß Kinder des kirgisischen Stammes aufgetaucht seien, durcheilte das Lager. Was hatte das zu bedeuten? Alle unterbrachen ihre Spiele und das Festmahl und versammelten sich zu einer großen Menge vor der Jurte des Khans. Der Khan thronte zu dieser Stunde mit seinen vornehmsten Kriegern auf einer schneeweißen Filzmatte. Er trank honiggesüßten Kumys und hörte sich Lobeshymnen an. Als er erfuhr, warum man zu ihm gekommen war, tobte er vor Zorn: »Wie könnt ihr es wagen, mich zu stören? Haben wir nicht den kirgisischen Stamm ausgerottet? Habe ich euch nicht für ewige Zeiten zu Beherrschern des Enessai gemacht? Warum lauft ihr zusammen, ihr Hasenfüße? Seht euch doch an, wen ihr vor euch habt! He, Pockennarbige Lahme Alte«, rief der Khan. Und als sie aus der Menge trat, befahl er ihr: »Führe sie in die Taiga und sorge dafür, daß der kirgisische Stamm zu existieren aufhört, daß es keine Erinnerung an ihn gibt, daß er für

immer vergessen wird. Geh, Pockennarbige Lahme Alte, tue, wie ich dich geheißen ...«

Schweigend gehorchte die Pockennarbige Lahme Alte, nahm den Jungen und das Mädchen an die Hand und führte sie hinweg. Lange gingen sie durch den Wald und gelangten endlich ans Ufer des Enessai, einen hohen Steilhang. Hier hieß die Pockennarbige Lahme Alte die Kinder stehenbleiben und sich nebeneinander an den Rand des Abgrunds stellen. Bevor sie sie hinunterstieß, sagte sie: »Oh, großer Fluß Enessai! Wenn man einen Berg in deine Tiefe stürzt, fällt er wie ein Stein. Wenn man eine hundertjährige Föhre hinabwirft, wird sie wie ein Span fortgetrieben. So nimm denn in deinen Wassern zwei kleine Sandkörner auf – zwei Menschenkinder. Sie haben keinen Platz auf der Welt. Muß ich es dir noch erklären, Enessai? Wenn die Sterne zu Menschen würden, reichte ihnen der Himmel nicht. Wenn die Fische zu Menschen würden, reichten ihnen nicht die Flüsse und Meere. Muß ich es dir noch erklären, Enessai? Nimm sie hin, trag sie fort. Mögen sie unsere schnöde Welt schon im Kindesalter verlassen, mit reinen Seelen, mit kindlichem Gewissen, unbefleckt von bösen Gedanken und bösen Taten, damit sie menschliches Leid gar nicht erst kennenlernen und auch anderen kein Leid zufügen. Nimm sie hin, nimm sie hin, großer Enessai ...«

Die Kinder weinten und schluchzten. Was gingen sie die Worte der Alten an, wo ihnen schon beim Blick in die Tiefe bange ward? Dort überrollten einander wütende Wogen.

»Umarmt euch zum letztenmal, Kinder, nehmt Abschied«, sagte die Pockennarbige Lahme Alte. Sie krempelte sich die Ärmel hoch, um die Kinder besser hinunterstoßen zu können. Und sie sagte: »Verzeiht mir, Kinder. Das Schicksal will es nun einmal so. Wenn ich das jetzt auch nicht aus eigenem Willen tue, so doch zu eurem Guten ...«

Kaum hatte sie diese Worte ausgesprochen, da ertönte ne-

ben ihr eine Stimme: »Warte, große weise Frau, töte nicht die unschuldigen Kinder.«
Die Pockennarbige Lahme Alte drehte sich um und sah zu ihrem Erstaunen eine Hirschkuh vor sich stehen, eine Maralmutter, die sie mit großen Augen vorwurfsvoll und traurig anblickte. Die Hirschkuh war weiß wie die Erstmilch eines jungen Muttertieres, ihr Bauch war mit brauner Wolle besetzt wie bei einem Kameljungen. Ihr Geweih war eine Pracht: weitverzweigt wie eine Baumkrone im Herbst. Und ihr Euter war glatt und rein wie die Brüste einer Amme.
»Wer bist du? Warum sprichst du mit menschlicher Stimme?« fragte die Pockennarbige Lahme Alte.
»Ich bin eine Hirschmutter«, antwortete die Maralkuh. »Ich spreche so, weil du mich sonst nicht verstündest und nicht auf mich hörtest.«
»Was willst du, Hirschmutter?«
»Laß die Kinder gehen, große weise Frau. Ich bitte dich, gib sie mir.«
»Wozu willst du sie?«
»Die Menschen haben mir meine beiden Hirschkälber getötet. Nun suche ich mir neue Kinder.«
»Willst du sie aufziehen?«
»Ja, große weise Frau.«
»Hast du dir das gut überlegt, Hirschmutter?« sagte die Pockennarbige Lahme Alte lachend. »Das sind doch Menschenkinder. Wenn sie groß sind, werden sie deine Hirschkälber töten.«
»Wenn sie groß sind, werden sie nicht meine Kälber töten«, antwortete ihr die Maralkuh. »Ich werde ihre Mutter, sie werden meine Kinder sein. Werden sie etwa ihre Brüder und Schwestern töten?«
»Ach, sag das nicht, Hirschmutter, du kennst nicht die Menschen«, entgegnete die Pockennarbige Lahme Alte kopfschüttelnd. »Nicht einmal miteinander, geschweige denn mit

den Waldtieren haben sie Mitleid. Ich würde dir die Waisen geben, damit du selbst erfährst, daß meine Worte wahr sind, doch die Menschen werden dir auch diese Kinder töten. Wozu dir soviel Kummer bereiten?«

»Ich bringe die Kinder in ein fernes Land, wo niemand sie findet. Verschone sie, große weise Frau, laß sie gehen. Ich werde ihnen eine treusorgende Mutter sein. Mein Euter ist übervoll. Meine Milch sehnt sich nach Kindern. Meine Milch ruft nach Kindern.«

»Na gut, wenn das so ist«, sprach die Pockennarbige Lahme Alte nach einigem Überlegen, »nimm die Waisen und schaff sie schnell fort. Bring sie in dein fernes Land. Aber wenn sie auf dem weiten Weg umkommen, wenn sie unterwegs von Räubern erschlagen werden, wenn sie's dir mit schnödem Undank vergelten, dann beklag dich bei dir selbst.«

Die Hirschmutter dankte der Pockennarbigen Lahmen Alten und sagte zu den Kindern: »Jetzt bin ich eure Mutter, und ihr seid meine Kinder. Ich bringe euch in ein fernes Land, wo zwischen schneebedeckten und bewaldeten Bergen ein warmes Meer liegt – der Issyk-Kul.«

Da freuten sich der Junge und das Mädchen und liefen ausgelassen hinter der Gehörnten Hirschmutter her. Doch bald wurden sie müde und schwach, denn der Weg war weit – von einem Ende der Erde zum anderen. Sie wären nicht weit gekommen, wenn die Gehörnte Hirschmutter sie nicht mit ihrer Milch genährt und nachts mit ihrem Körper gewärmt hätte. Lange gingen sie. Immer weiter blieb die alte Heimat, der Enessai, hinter ihnen zurück, aber zur neuen Heimat, zum Issyk-Kul, war es noch sehr weit. Einen Sommer und einen Winter, einen Frühling und einen Sommer, einen Herbst und noch einen Sommer und einen Winter und noch einen Frühling, noch einen Sommer und Herbst bahnten sie sich einen Weg durch tiefe Wälder, durch glühendheiße Steppen, durch Treibsand, durch hohe Berge und reißende

Flüsse. Wolfsrudel jagten ihnen nach, doch die Gehörnte Hirschmutter nahm die Kinder auf den Rücken und trug sie fort von den wilden Tieren. Berittene Jäger setzten ihnen mit Pfeilen nach und schrien: »Die Hirschkuh hat Menschenkinder entführt! Haltet sie! Fangt sie!« und sandten ihnen Pfeile nach, aber auch von diesen ungebetenen Rettern trug die Gehörnte Hirschmutter die Kinder fort. Sie lief schneller als die Pfeile und flüsterte nur: »Haltet euch fest, meine Kinder, wir werden verfolgt!«

Schließlich brachte die Gehörnte Hirschmutter ihre Kinder an den Issyk-Kul. Sie standen auf einem Berg und staunten sehr. Rundum schneebedeckte Gebirgsketten, und zwischen grünbewaldeten Bergen plätscherte, so weit das Auge reichte, ein Meer. Weiße Wellen liefen über das blaue Wasser, die Winde trieben sie aus der Ferne herbei und wieder fort in die Ferne. Wo der Issyk-Kul anfängt und wo er endet, ist nicht abzusehen. An dem einen Ende geht die Sonne auf, während am anderen noch Nacht ist. Wieviel Berge den Issyk-Kul umragen, ist nicht zu zählen, wieviel solcher schneebedeckter Berge noch hinter diesen Bergen aufragen, ist nicht zu erraten.

»Das ist nun eure neue Heimat«, sprach die Gehörnte Hirschmutter. »Hier werdet ihr leben, die Erde pflügen, Fische fangen und Vieh züchten. Lebt hier tausend Jahre in Frieden. Möge euer Geschlecht fortdauern und sich vermehren. Mögen eure Nachkommen nicht eure Sprache vergessen, die ihr hierhergebracht habt, möge es ihnen Vergnügen bereiten, in ihr zu sprechen und zu singen. Lebt, wie Menschen leben müssen, und ich werde zu allen Zeiten mit euch und euren Kindern sein...«

So fanden der Junge und das Mädchen, die letzten vom Stamm der Krigisen, am gesegneten, urewigen Issyk-Kul eine neue Heimat.

Schnell verging die Zeit. Der Junge wurde ein kräftiger

Mann und das Mädchen eine reife Frau, und sie heirateten. Die Gehörnte Hirschmutter aber blieb am Issyk-Kul und lebte in den umliegenden Wäldern.
Eines Tages begann der Issyk-Kul plötzlich im Morgengrauen zu tosen und zu rauschen. Bei der Frau begannen die Wehen, und sie quälte sich. Der Mann aber geriet in Angst. Er stieg auf einen Felsen und rief laut: »Wo bist du, Gehörnte Hirschmutter? Hörst du den Issyk-Kul rauschen? Deine Tochter gebiert. Komm schnell, Gehörnte Hirschmutter, hilf uns ...«
Da ertönte aus der Ferne ein melodisches Klingen, als läute ein Karawanenglöckchen. Näher und immer näher kam dieses Klingen. Die Gehörnte Hirschmutter eilte herbei. Auf ihrem Geweih trug sie, am Krummholz hängend, eine Kinderwiege – einen Beschik. Der Beschik war aus weißem Birkenholz, und am Krummholz schellte ein silbernes Glöckchen. Seither läutet so ein Glöckchen an jedem Beschik rund um den Issyk-Kul. Wenn die Mutter die Wiege schaukelt, läutet das silberne Glöckchen, als käme von fern die Gehörnte Hirschmutter mit der Birkenholzwiege auf dem Geweih herbeigeeilt ...
Kaum war die Gehörnte Hirschmutter auf den Ruf erschienen, da gebar die Frau.
»Dieser Beschik ist für euren Erstgeborenen«, sagte die Gehörnte Hirschmutter. »Ihr werdet viele Kinder haben, sieben Söhne und sieben Töchter!«
Mutter und Vater freuten sich. Zu Ehren der Gehörnten Hirschmutter nannten sie ihren Erstgeborenen Bugubai. Bugubai wuchs heran, freite ein schönes Mädchen aus dem Stamm der Kiptschaken und gründete das Geschlecht der Bugus – das Geschlecht der Gehörnten Hirschmutter. Groß und stark wurde es am Issyk-Kul. Die Bugus verehrten die Gehörnte Hirschmutter gleichwie eine Heilige. An den Jurten der Bugus wurde über dem Eingang ein Zeichen einge-

stickt – ein Maralsgehörn, damit schon von weitem zu sehen sei, daß die Jurte dem Geschlecht der Bugus gehörte. Wenn die Bugus feindliche Überfälle abwehrten oder wenn sie an Pferderennen teilnahmen, erscholl der Ruf: »Bugu!« Immer gingen die Bugus aus dem Kampf als Sieger hervor. Durch die Wälder des Issyk-Kul wandelten dazumal weiße gehörnte Marale, um deren Schönheit sie die Sterne am Himmel beneideten. Es waren die Kinder der Gehörnten Hirschmutter. Niemand rührte sie an, niemand durfte ihnen etwas zuleide tun. Beim Anblick eines Marals stieg der Bugu aus dem Sattel und machte den Weg frei. Die Schönheit des geliebten Mädchens verglich er mit der Schönheit des weißen Marals ...

So war es, bis ein sehr reicher, sehr angesehener Bugu starb. Er besaß Tausende und aber Tausende Schafe, Tausende und aber Tausende Pferde, und alle Menschen im Umkreis waren seine Hirten. Seine Söhne veranstalteten eine große Totenfeier. Zum Leichenschmaus luden sie die berühmtesten Leute aus allen Teilen der Welt ein. Für die Gäste wurden tausendeinhundert Jurten am Ufer des Issyk-Kul aufgebaut. Unübersehbar das geschlachtete Vieh, der getrunkene Kumys, die kaschgarischen Speisen. Die Söhne des Reichen gingen hochmütig einher: Die Leute sollten wissen, wie reich und freigebig die Erben des Verstorbenen waren, wie sie ihn achteten und sein Andenken in Ehren hielten ... (»Ach, mein Sohn, schlecht ist es, wenn die Menschen nicht mit dem Verstand, sondern mit Reichtum glänzen!«)

Die Sänger ritten auf Pferden umher, die ihnen die Söhne des Verstorbenen geschenkt hatten, prunkten mit geschenkten Zobelmützen und Seidenchalats und lobpreisten um die Wette den Verstorbenen und seine Erben.

»Wo findest du unter der Sonne solch glückliches Leben, solch üppigen Leichenschmaus?« sang der eine.

»Seit der Erschaffung der Welt hat es so etwas noch nicht gegeben!« sang der zweite.
»Nirgends wie bei uns werden die Eltern so gewürdigt, erweist man ihrem Andenken so viel Ruhm und Ehre, achtet man ihre hehren Namen«, sang der dritte.
»He, ihr schwatzhaften Sänger, was soll das Geschrei! Gibt es denn auf der Welt Worte, die diesen Wohltaten, die dem Ruhm des Verstorbenen gerecht würden!« sang der vierte...
Und so wetteiferten sie Tag und Nacht. (»Ach, mein Sohn, schlecht ist es, wenn Sänger in Lobhudelei wetteifern, denn das macht sie zu Feinden des Liedes.«)
Viele Tage lang wurde diese berühmte Totenfeier wie ein Fest begangen. Die hoffärtigen Söhne des Reichen wollten unbedingt alle anderen in den Schatten stellen, damit sich ihr Ruhm über die ganze Erde verbreitete. So verfielen sie darauf, ihres Vaters Grabmal mit einem Maralgehörn zu schmücken, damit ein jeder sähe, daß dies die Ruhestatt ihres ruhmreichen Ahnherrn aus dem Geschlecht der Gehörnten Hirschmutter war. (»Ach, mein Sohn, schon in alten Zeiten sagten die Menschen, daß Reichtum Hoffart gebiert und Hoffart Unvernunft.«)
Die Söhne des Reichen wollten dem Andenken des Vaters diese beispiellose Ehre erweisen und ließen sich durch nichts davon abhalten. Gesagt, getan. Sie sandten Jäger aus, die einen Maral töteten und ihm das Geweih abschlugen. Es war klafterbreit wie die Schwingen des Adlers im Flug. Den Söhnen gefiel das Geweih: Achtzehn Enden an jeder Seite, der Maral war also achtzehn Jahre alt. Gut! Sie befahlen, das Geweih an dem Grabmal anzubringen.
Die Alten empörten sich.
»Mit welchem Recht ist der Maral getötet worden? Wer hat es gewagt, die Hand gegen die Nachkommenschaft der Gehörnten Hirschmutter zu erheben?«

Doch die Erben des Reichen antworteten ihnen: »Der Maral ist auf unserem Land getötet worden. Und alles, was in unseren Besitzungen kreucht und fleucht, von der Fliege bis zum Kamel, ist unser. Wir wissen selbst, was wir mit dem zu tun haben, das uns gehört. Packt euch fort!«
Die Diener schlugen die Alten mit der Reitpeitsche, setzten sie rückwärts auf Pferde und jagten sie mit Schimpf und Schande davon.
Damit fing es an. Großes Unglück brach über die Nachkommenschaft der Gehörnten Hirschmutter herein. Fast ein jeder machte nun in den Wäldern Jagd auf die weißen Marale. Jeder Bugu hielt es für seine Pflicht, die Grabmäler seiner Vorfahren mit Maralgeweihen zu zieren. Dies wurde jetzt als gute Tat angesehen, als besonderer Achtungsbeweis für das Andenken an die Verstorbenen. Wer sich kein Geweih zu beschaffen vermochte, galt jetzt als unwürdig. Man begann mit Maralgeweihen zu handeln und sie auf Vorrat zu kaufen. Leute aus dem Geschlecht der Gehörnten Hirschmutter machten die Gewinnung von Maralgeweihen und deren Verkauf für Geld zu ihrem Gewerbe. (»Ach, mein Sohn, wo Geld ist, haben ein gutes Wort und Schönheit keinen Platz mehr.«)
Eine Zeit des Verderbens begann für die Marale in den Issyk-Kul-Wäldern. Es gab keine Schonung mehr. Sie flüchteten in unzugängliche Felsen, doch auch dort wurden sie herausgeholt. Man hetzte Meuten von Jagdhunden auf sie, um sie den Schützen im Hinterhalt zuzutreiben, die sie sicher trafen. Ganze Rudel, ganze Herden von Maralen wurden vernichtet. Man wettete, wer das größte Geweih erbeutete. Die Marale starben aus. Die Berge verwaisten. Weder um Mitternacht noch im Morgengrauen war der Maral zu hören. Weder im Wald noch auf den Lichtungen war zu sehen, wie er äste, wie er mit zurückgelegtem Geweih dahingaloppierte, wie er gleich dem Vogel im Flug über einen Abgrund

setzte. Immer mehr Menschen wuchsen heran, die noch nie im Leben einen Maral gesehen hatten. Sie hörten nur Märchen über ihn und sahen die Geweihe auf den Grabmälern.
Und was wurde aus der Gehörnten Hirschmutter?
Sie war beleidigt, sie nahm es den Menschen sehr übel. Als die Marale überhaupt nicht mehr vor den Kugeln und vor den Jagdhunden ihres Lebens sicher waren, als nur noch so viel Marale übriggeblieben waren, wie man an den Fingern abzählen konnte, soll die Gehörnte Hirschmutter den höchsten Berggipfel erstiegen, Abschied vom Issyk-Kul genommen und ihre letzten Kinder über den großen Gebirgspaß in eine andere Gegend, in andere Berge geführt haben.
Ja, solche Dinge geschehen auf der Welt. Das ist das ganze Märchen. Wenn du willst, glaub es, wenn nicht, dann nicht. Die Gehörnte Hirschmutter, als sie ging, erklärte, sie würde niemals wiederkommen...

V

Wieder war es Herbst in den Bergen. Wieder stellte sich nach einem turbulenten Sommer alles auf die herbstliche Stille ein. Ringsum setzte sich der von den Viehherden aufgewirbelte Staub und verloschen die Lagerfeuer. Die Herden waren für den Winter fortgezogen. Auch die Menschen waren gegangen.
Die Berge vereinsamten.
Die Adler flogen schon allein, stießen hin und wieder einen kurzen Schrei aus. Dumpfer rauschte der Fluß: Er hatte sich im Sommer an das Flußbett gewöhnt, hatte sich abgenutzt, war versandet. Das Gras hörte auf zu wachsen und welkte nach und nach. Die Blätter waren es müde geworden, sich an den Zweigen festzuhalten, und fielen ab.
Auf die höchsten Gipfel legte sich nachts schon silbriger

Neuschnee. Gegen Morgen wurde die dunkle Kette der Gebirgskämme grau wie ein Schwarzfuchsnacken.
Der Wind kühlte sich in den Schluchten ab. Vorläufig aber waren die Tage noch klar und trocken.
Die Wälder hinter dem Fluß, gegenüber der Försterei, wurden schnell herbstlich. Vom Fluß bis hinauf zu der Grenze, wo der Schwarzwald seinen Anfang nahm, kroch ein rauchloser Herbstwaldbrand durch den ansteigenden Niederwuchs. Am buntesten – purpurrot – und am zähesten waren die Espen- und Birkendickichte: Sie drangen bis hinauf zu den Höhen des großen Waldes unterhalb der Schneegipfel, dem Reich der düsteren Kiefern und Fichten.
Im Nadelwald war es sauber wie immer und streng wie in einem Tempel. Nur feste braune Stämme, nur trockener Harzgeruch, nur braune Tannennadeln, die den ganzen Waldboden bedeckten. Nur der Wind, der unhörbar zwischen den Wipfeln der alten Kiefern säuselte.
Heute aber lärmten seit dem Morgen ohne Unterlaß aufgeregte Dohlen über den Bergen. Ein wütend schreiender Schwarm kreiste über dem Kiefernwald. Pochende Äxte hatten die Dohlen aufgeschreckt, und jetzt verfolgten sie, durcheinanderschreiend, als hätte jemand sie am hellichten Tag beraubt, zwei Männer, die eine gefällte Kiefer den Berg hinuntertransportierten.
Sie schleiften den Stamm mit einem Pferd zu Tal. Oroskul ging voran und hielt das Pferd am Zaum. Finsteren Blickes, mit dem Mantel an Sträuchern sich verfangend, ging er schwer atmend wie ein Zugochse in der Furche. Hinter dem Baumstamm hastete Großvater Momun. Ihm fiel es auch nicht leicht in dieser Höhe, der Alte war außer Atem. In den Händen hielt er eine Hebelstange aus Birkenholz, mit der er den Stamm im Gehen anhob. Der Stamm blieb immer wieder mal an Baumstümpfen, mal an Steinen hängen, und an Abhängen hatte er das Bestreben, sich quer zu legen und

hinunterzurollen. Dann wäre ein Unglück unvermeidlich – er würde einen totschlagen.
Gefährlicher war es für den, der den Stamm mit der Hebelstange sicherte – aber man konnte nie wissen. Oroskul war schon mehrmals erschrocken von dem Pferdegespann weggesprungen, und jedesmal verging er vor Scham, wenn er den Alten unter Einsatz seines Lebens den Stamm festhalten und dann warten sah, bis er, Oroskul, zum Pferd zurückkehrte und es beim Zaum faßte. Doch nicht umsonst heißt es: Um seine Schande zu verbergen, muß man einen anderen schmähen.
»Was soll das, willst du mich ins Jenseits befördern?« schrie Oroskul den Schwiegervater an.
Weit und breit war niemand, der das hören und Oroskul verurteilen konnte: Wo gibt es denn so etwas, daß man mit einem alten Mann so umspringt? Der Schwiegervater warf schüchtern ein, daß er doch selbst unter den Stamm geraten konnte, warum Oroskul ihn denn so anschreie, als habe er das absichtlich getan.
Aber das erzürnte Oroskul noch mehr.
»Ach du!« rief er entrüstet. »Wenn der Stamm dich erschlägt, du hast deine Zeit gelebt. Was willst du noch? Aber wenn er mich trifft, wer nimmt dann deine unfruchtbare Tochter? Wer kann denn so eine gebrauchen, kinderlos wie ein Teufelsbesen...«
»Du bist ein schwieriger Mensch, mein Sohn. Hast keine Achtung vor den Menschen«, antwortete darauf Momun.
Oroskul blieb stehen und maß den Alten mit einem Blick.
»Solche Alten wie du hocken schon längst hinterm Ofen und wärmen sich den Hintern an der Asche. Du aber kriegst einen Lohn, der sich sehen läßt. Und von wem? Von mir. Was für eine Achtung brauchst du noch?«
»Nichts für ungut, das hab ich nur so hingesagt«, lenkte Momun ein.

So gingen sie. Nachdem sie noch einen Anstieg bezwungen hatten, machten sie auf dem Gipfel halt, um zu verschnaufen. Das Pferd war ganz mit nassem Schaum bedeckt.
Die Dohlen hatten sich noch immer nicht beruhigt und kreisten über dem Wald. Es waren sehr viele, und sie machten einen Lärm, als hätten sie vor, den ganzen Tag nichts anderes zu tun als zu schreien.
»Sie wittern einen frühen Winter«, sagte Momun, um von etwas anderm zu sprechen und Oroskuls Zorn zu beschwichtigen. »Sie sammeln sich zum Abflug. Da mögen sie es nicht, wenn man sie stört.« Das fügte er hinzu, als wolle er sich für die unverständigen Vögel entschuldigen.
»Wer stört sie denn?« fragte Oroskul, sich jäh umwendend. Und plötzlich lief er glutrot an. »Was faselst du da, Alter?« fragte er leise mit drohender Stimme.
Sieh da, dachte er, der Alte macht Anspielungen! Ich soll wohl wegen seiner Dohlen keine Kiefer anrühren und keinen Zweig abbrechen? Was denn noch! Vorläufig bin ich hier der Herr. Er glotzte mit bösen Augen zu dem kreischenden Schwarm: »Ach, ein Maschinengewehr müßte man haben!« wandte sich ab und fluchte unflätig.
Momun schwieg. Er konnte sich an die gemeinen Flüche des Schwiegersohns nicht gewöhnen. Jetzt hat es ihn schon wieder gepackt, dachte er traurig. Er trinkt und wird zum Tier. Wenn er den Kater hat, darf man auch nichts sagen. Warum bloß werden Menschen so? grämte sich Momun. Du tust ihm Gutes, er dir Böses. Und er schämt sich nicht, kommt nicht zur Besinnung. Als müßte es so sein. Glaubt immer, recht zu haben. Hauptsache, ihm geht's gut. Alle ringsum müssen ihm gefällig sein. Und wenn du nicht willst, zwingt er dich. Bloß gut, wenn so einer hier in den Bergen, im Wald sitzt und nicht mehr Leute unter sich hat, als man an den Fingern abzählen kann. Verhüte Gott, daß er einen höheren Posten hätte ... Und solche wie ihn gibt's überall. Sie sehen zu, wo

sie bleiben. Nirgends bist du vor so einem sicher. Überall erwischt er dich, macht er dich ausfindig. Damit er selbst ungehemmt leben kann, setzt er dir zu. Und behält immer recht. Ja, solche gibt es überall...

»Na, genug gestanden«, unterbrach Oroskul die Überlegungen des Alten. »Vorwärts!«

Und sie gingen weiter.

Oroskul war schon seit dem frühen Morgen schlecht gelaunt. Am Morgen, als sie mit dem Werkzeug über den Fluß zum Wald hinüber mußten, hat Momun noch eilig den Enkel in die Schule gebracht. Der ist ja völlig übergeschnappt! Jeden Morgen sattelt er das Pferd, um den Jungen in die Schule zu bringen, und nachher reitet er wieder los, um ihn abzuholen. Gibt sich mit diesem im Stich gelassenen Balg ab. In die Schule dürfe man nicht zu spät kommen. Wichtigkeit! Und hier wartet eine Arbeit – Gott weiß, was daraus wird –, die hat demnach Zeit? »Ich komm ja im Nu wieder«, sagt er, »ist doch peinlich vor der Lehrerin, wenn der Junge zu spät zum Unterricht kommt.« Da hat er ja jemand gefunden, vor dem er sich genieren muß! Dieser Dummbart! Wer ist sie denn schon, diese Lehrerin? Fünf Jahre läuft sie mit demselben Mantel rum. Man sieht sie nur mit Schulheften und Taschen... Immerzu muß sie in die Kreisstadt, immerzu fehlt ihr was – mal Kohlen für die Schule, mal Glas, mal Kreide, mal Lappen. Geht denn eine ordentliche Lehrerin in so eine Schule? »Zwergschule« wird sie genannt. Sie ist wirklich eine Zwergschule. Was bringt sie schon für Nutzen? Die richtigen Lehrer sind in der Stadt. Dort sind die Schulen aus Glas. Die Lehrer tragen Krawatten. Ja, in der Stadt... Was für Chefs dort durch die Straßen fahren! Und in was für Autos! Man möchte stehenbleiben und erstarren, möchte Haltung annehmen, bis so ein schwarzes, glänzendes, schwebendes Auto vorbeigeglitten ist. Aber die Stadtmenschen scheinen die Autos gar nicht zu bemerken, sie haben keine

Zeit, hasten und eilen irgendwohin. Ja, das ist ein Leben in der Stadt! Dorthin müßte man gehen, dort irgendwo unterkommen. Dort weiß man den Menschen nach seinem Posten zu achten. Es gehört sich so, also muß man ihn achten. Ein höherer Posten bedeutet mehr Achtung. Die Menschen sind kultivierter. Und wenn man bewirtet wird oder ein Geschenk bekommt, braucht man dort hinterher keine Stämme zu schleppen oder etwas Derartiges zu tun. Da ist es nicht so wie hier – fünfzig, hundert, wenn's hoch kommt, gibt er dir, holt das Holz weg und hängt dir dann noch eine Beschwerde an: Oroskul ist bestechlich ... Diese Rückständigkeit!

Jaa, in die Stadt müßte man ... Ach, alles würde ich zum Teufel schicken – die Berge, die Wälder, die dreimal verfluchten Stämme, die Frau mit dem unfruchtbaren Bauch und den hirnlosen Alten mitsamt diesem Grünschnabel, mit dem er ein Gewese macht, als wär das ein Wunderknabe. Ach, ich würde leben wie ein sattes Pferd im Hafer! Ich würde die Leute zwingen, mich zu achten. »Oroskul Balashanowitsch, erlauben Sie mir, in Ihr Arbeitszimmer zu kommen?« Eine Städterin würde ich heiraten. Warum auch nicht? Zum Beispiel eine Schauspielerin, eine schöne Frau, die mit dem Mikrofon in der Hand singt und dazu tanzt; für die soll ja die Hauptsache sein, daß der Mann einen Posten bekleidet. Mit Schlips und Kragen würde ich Arm in Arm mit ihr ins Kino gehen. Sie würde mit den Absätzen klappern und nach Parfüm riechen. Die Vorübergehenden würden nur so schnuppern. Eh man sich's versieht, werden auch Kinder geboren. Der Sohn würde Jura studieren und die Tochter auf dem Flügel spielen lernen. Stadtkinder erkennt man gleich, sie sind gescheiter. Zu Hause würde nur russisch gesprochen: Sie würden sich den Kopf sonst nur mit dörflichen Ausdrücken vollstopfen. Er würde die Seinen so erziehen: »Vati, Mutti, ich will dies, ich will das ...« Würde er etwa seinem Kind an etwas fehlen lassen? Ach, dann würde er die Nase hoch tragen, er würde schon zeigen, wie er sein kann. Inwiefern ist er schlechter als die anderen? Sind die da oben vielleicht besser als er? Das sind genausolche Menschen. Sie haben bloß Glück gehabt. Und er nicht. Das Glück hat ihn gemieden. Und er war auch selbst schuld daran. Nach dem Försterlehrgang hätte er in die Stadt auf die Fachschule gehen sollen und dann auf die Hochschule. Er hat es zu eilig gehabt, ihn hat es nach einem Posten gezogen. Wenn auch ein kleiner, aber immerhin ein Posten. Jetzt muß er durch die Berge zuckeln und wie ein Esel Baumstämme schleppen ... Und dann noch diese Dohlen. Was schreien sie, was schwirren sie da herum? Ach, ein Maschinengewehr müßte man haben ...

Oroskul hatte allen Grund zum Verdruß. Der Sommer war zu Ende. Der Herbst rückte heran, und mit dem Sommer war auch die Zeit der Gastlichkeiten bei den Schaf- und Pferdehirten vorüber. Wie es im Lied heißt:

»Verblüht sind die Blumen im Bergland, jetzt ziehen wir wieder ins Tal ...«

Der Herbst war gekommen. Nun mußte Oroskul für die Achtungsbeweise, für die Bewirtungen, für die Schulden und Versprechungen bezahlen. Und auch für die Prahlerei: »Was willst du? Zwei Stämme Kiefernrundholz zu Tragbalken, mehr nicht? Da brauchen wir nicht weiter drüber zu reden. Komm und hol sie dir.«

Er hatte geschwatzt, Geschenke empfangen und Wodka getrunken, und jetzt schleppte er keuchend, schweißüberströmt und alles auf der Welt verfluchend, dieses Rundholz durch die Berge. Es paßte ihm gar nicht in den Kram. Und überhaupt, das ganze Leben paßte ihm nicht. Plötzlich schoß ihm ein verzweifelter Gedanke durch den Kopf: Ich pfeif auf alles und geh auf und davon. Aber er wußte sogleich, daß er nirgendwohin gehen würde. Niemand brauchte ihn, nir-

gends wurde er gebraucht, nirgends würde er das Leben finden, das er sich wünschte.
Versuch nur mal, von hier wegzugehen oder das Versprochene zu verweigern! Die eignen Freunde würden ihn verraten. Die Menschen sind ja heuer so schlecht. Im vorigen Jahr hatte er einem Landsmann aus dem Geschlecht der Bugus für ein geschenktes Lamm einen Kiefernstamm versprochen, doch im Herbst hatte er keine Lust gehabt, wegen der Kiefer in die Berge zu steigen. Gesagt ist das leicht, aber versuch nur mal, dorthin zu gelangen, sie abzusägen und herunterzuschleppen. Wenn die Kiefer mehr als ein Jahrzehnt auf dem Buckel hat, dann plag dich mal ab mit ihr! Um keinen Preis mag man an solche Arbeit herangehen. In diesen Tagen war gerade der alte Momun krank geworden und hatte sich ins Bett gelegt. Allein war es nicht zu schaffen, nie im Leben wird einer allein in den Bergen mit einem Stamm fertig. Fällen kann er die Kiefer, aber sie abschleppen ... Oroskul wußte im voraus, was geschehen würde, er hätte mit Sejdachmat hinaufsteigen sollen, um eine Kiefer zu holen. Aber er war zu faul, in den Bergen herumzukraxeln, und beschloß, den Landsmann mit dem erstbesten Baumstamm abzuspeisen. Doch der war damit nicht einverstanden: Gib mir einen richtigen Kiefernstamm und basta. »Das Lamm konntest du nehmen, aber Wort halten kannst du nicht, was?« Oroskul geriet in Wut und jagte ihn vom Hof: Wenn du ihn nicht willst, dann mach, daß du wegkommst. Der Bursche jedoch, nicht dumm, schrieb eine Beschwerde über den berittenen Forstwart des Naturschutzwaldes von San-Tasch, Oroskul Balashanow. Er schrieb Wahres und Unwahres, unter anderem, daß es an der Zeit sei, Oroskul als »Schädling des sozialistischen Waldes zu erschießen.« Lange wurde Oroskul dann vor verschiedene Kontrollkommissionen aus dem Kreis und aus dem Forstministerium zitiert. Mit Müh und Not hatte er sich herausgeredet ... Schöner Verwandter.

Und da heißt es noch: »Wir alle sind Kinder der Gehörnten Hirschmutter. Einer für alle, alle für einen!« Quatsch ist das, was zum Teufel soll das Gerede von der Hirschmutter, wenn jeder bereit ist, einer Kopeke wegen dem anderen das Messer an die Kehle zu setzen oder ihn ins Gefängnis zu bringen! Früher glaubten die Menschen an die Hirschmutter. Wie dumm und unkultiviert waren sie doch, richtig komisch! Jetzt sind alle kultiviert und gebildet. Wer braucht sie, diese Kindermärchen!

Nach diesem Vorfall hatte Oroskul geschworen, nie wieder einem Bekannten oder Stammverwandten, und wäre er dreimal ein Kind der Gehörnten Hirschmutter, auch nur einen einzigen Ast oder Zweig zu geben.

Aber der Sommer kam wieder. Weiß leuchteten die Jurten auf den grünen Bergwiesen, die Herden tummelten sich, an den Bächen und Flüssen stiegen Rauchwölkchen auf. Die Sonne strahlte, es roch nach berauschendem Kumys und nach Blumen. Schön ist es, neben einer Jurte mit Freunden im grünen Gras zu sitzen und die frische Luft, Kumys und Lammfleisch zu genießen. Und dann ächzend ein Glas Wodka zu kippen, damit einem schwindlig wird und man sich stark genug fühlt, einen Baum auszureißen oder dem Berg dort den Hals umzudrehen ... In solchen Tagen vergaß Oroskul seinen Schwur. Es klang ihm wie Musik in den Ohren, wenn man ihn den großen Herrn des großen Waldes nannte. Und wieder versprach er, wieder nahm er Geschenke an. Und wieder ahnte eine Reliktenkiefer nicht, daß ihre Tage gezählt waren, sobald der Herbst begann.

Aber der Herbst schlich sich unmerklich von den abgeernteten Feldern in die Berge ein und begann rings herumzuhuschen. Da, wo er vorbeigelaufen war, wurden Gras und Waldlaub rötlich.

Die Beeren reiften, die Lämmer wuchsen heran. Man teilte sie in Herden – die Schafe von den Böcken getrennt. Die

Frauen packten den gedörrten Käse in die Wintersäcke. Die Männer hielten Rat, wer als erster den Rückweg in die Täler antreten solle. Doch bevor sie abzogen, ließen diejenigen, die im Sommer mit Oroskul Abmachungen getroffen hatten, ihn wissen, daß sie an dem und dem Tag zu der und der Zeit mit dem Auto in die Försterei kommen würden, um das versprochene Holz abzuholen. Und heute abend sollte ein Lastwagen mit Anhänger kommen, um zwei Kiefernstämme abzuholen. Einer war schon unten, war über den Fluß gebracht und lag bereit. Den zweiten schleppten sie nun hinunter. Könnte Oroskul jetzt alles, was er für diese Stämme gegessen und getrunken hatte, zurückgeben, er würde es sofort tun, wenn nur Schluß wäre mit der Schinderei.
Aber es war unmöglich, das verhaßte Schicksal in den Bergen zu ändern: Das Auto mit dem Anhänger würde heute abend kommen, um nachts die Stämme abzutransportieren. Er kann noch von Glück sagen, wenn alles gut geht: Die Straße führt durch den Sowchos, direkt am Büro vorbei, einen anderen Weg gibt es nicht, und im Sowchos ist öfters die Miliz oder die Staatsinspektion zu Besuch, und wer weiß, wer vom Kreis dort noch herumschwirrt. Wenn denen die Holzfuhre unter die Augen kommt, fragen sie sofort: »Woher habt ihr das Holz, und wo bringt ihr's hin?«
Bei diesem Gedanken lief es Oroskul kalt über den Rücken. Wut auf alles und jeden kochte in ihm: auf die kreischenden Dohlen oben, auf den unglücklichen alten Momun, auf Sejdachmat, den Drückeberger, dem vor drei Tagen eingefallen war, in die Stadt zu fahren, um Kartoffeln zu verkaufen. Er wußte doch, daß Baumstämme aus den Bergen zu schleppen waren! Der war entwischt. Und er würde erst zurückkommen, wenn er seine Geschäfte auf dem Markt abgewickelt hatte. Sonst hätte Oroskul ihm befohlen, zu zweit mit dem Alten die Stämme heranzuschaffen, und brauchte sich nicht selbst zu schinden.

Aber Sejdachmat war weit, und den Dohlen war auch nicht beizukommen. Notfalls konnte er die Frau verprügeln, aber bis er nach Hause kam, war's noch lange hin. Blieb also der alte Momun. Keuchend von der Höhenluft, immer mehr in Wut geratend und bei jedem Schritt unflätig fluchend, brach Oroskul rücksichtslos durch die Sträucher, ohne das Pferd oder den alten Mann hinter sich zu schonen. Sollte doch das Pferd krepieren, sollte doch der Alte krepieren, sollte doch er selbst am Herzschlag krepieren. Wenn er's schwer hatte, brauchte es auch den anderen nicht gut zu gehen. Sollte doch die ganze Welt in Scherben fallen, in der nichts so eingerichtet war, wie es sollte, wie es Oroskul nach seinen Verdiensten und seinem Amt zukam.

Oroskul, der schon die Selbstbeherrschung verlor, führte das Pferd durch ein Gesträuch geradewegs auf einen steilen Abhang zu. Sollte doch der Rührige Momun um den Baumstamm herumtanzen. Und wehe, er hielt ihn nicht fest! Dann prügle ich den alten Blödian durch, und fertig, nahm sich Oroskul vor. Zu anderer Zeit hätte er nie gewagt, einen Baumstamm zu einem so gefährlichen Abhang zu schleppen. Aber diesmal ritt ihn der Teufel. Momun konnte ihn nicht mehr aufhalten, er konnte nur noch schreien: »Wohin willst du? Wohin? Halt!«, da drehte sich der Stamm schon in der Kette herum und rollte, die Sträucher niederwalzend, hinab. Er war naß und schwer. Momun wollte ihn noch mit der Hebelstange stoppen, damit er nicht abrollte. Doch der Stoß war so heftig, daß er ihm die Hebelstange aus der Hand schlug.

Alles geschah in einem Augenblick. Das Pferd stürzte und wurde, auf der Seite liegend, hinuntergezogen. Im Fallen warf es auch Oroskul um. Er rutschte ab und hielt sich krampfhaft an den Sträuchern fest. In diesem Moment brachen mehrere gehörnte Tiere aus dem dichten Laub. Mit hohen Sprüngen verschwanden sie in einem Birkendickicht.

»Marale! Marale!« rief Momun, außer sich vor Schreck und Freude. Und er verstummte, als traue er seinen Augen nicht. Plötzlich wurde es in den Bergen still. Die Dohlen flogen davon. Der Baumstamm am Abhang kam ins Stocken, nachdem er ein paar kräftige Jungbirken niedergedrückt hatte. Das Pferd, dessen Geschirr sich verheddert hatte, stand von selbst auf. Oroskul, dessen Sachen zerrissen waren, kroch zur Seite. Momun beeilte sich, dem Schwiegersohn zu Hilfe zu kommen.

»Oh, heilige Gehörnte Hirschmutter! Sie hat uns gerettet! Hast du gesehen? Das waren Kinder der Gehörnten Hirschmutter. Unsere Mutter ist zurückgekehrt! Hast du gesehen?«

Oroskul konnte noch nicht fassen, daß alles gut gegangen war. Finster und beschämt stand er auf und klopfte sich den Schmutz von den Kleidern.

»Schwatz nicht soviel, Alter. Genug. Nimm dem Pferd da die Zugstränge ab.«

Momun machte sich sogleich gehorsam daran, das Pferd zu befreien.

»Oh, wundersame Gehörnte Hirschmutter!« murmelte er freudig. »Die Marale sind in unsere Wälder zurückgekehrt. Sie hat uns nicht vergessen, die Gehörnte Mutter! Hat uns unsere Sünden vergeben ...«

»Was brabbelst du da noch?« fauchte Oroskul. Er hatte sich von dem Schreck erholt, die vorherige Erbitterung nagte an ihm. »Erzählst wohl deine Märchen? Bist selber übergeschnappt und denkst, andere glauben dir deine idiotischen Hirngespinste!«

»Aber ich hab sie doch mit eigenen Augen gesehen. Das waren Marale«, beharrte Großvater Momun. »Hast du sie denn nicht gesehen, mein Sohn? Bestimmt hast du sie gesehen.«

»Na ja, ich hab sie huschen sehen. Schienen drei Stück zu sein ...«

»Richtig, drei. Mir war auch so.«
»Na und, was weiter? Marale sind Marale. Hier hat sich ein Mensch beinahe das Genick gebrochen. Was gibt's da zu frohlocken? Wenn das Marale waren, müssen sie über den Gebirgspaß gekommen sein. Drüben in Kasachstan, auf der anderen Seite der Berge, soll es noch Marale in den Wäldern geben. Dort ist auch ein Naturschutzgebiet. Vielleicht sind sie von dort. Sind eben herübergekommen. Was geht uns das an? Mit Kasachstan haben wir nichts zu schaffen.«
»Vielleicht leben sie sich bei uns ein?« schwärmte Großvater Momun. »Wenn sie doch blieben...«
»Nun reicht's aber«, unterbrach ihn Oroskul. »Vorwärts!«
Sie hatten mit dem Baumstamm noch einen weiten Weg bergab und mußten ihn dann noch über den Fluß schaffen, ebenfalls im Schleppgespann. Das war auch eine schwierige Arbeit. Und wenn er glücklich durch den Fluß gezogen war, mußte er noch bis zu dem Hügel geschleppt werden, wo das Auto beladen werden sollte.
Oh, so viel Anstrengungen!
Oroskul fühlte sich ganz unglücklich. Alles ringsum dünkte ihn falsch eingerichtet. Die Berge, sie fühlen nichts, sie haben keine Wünsche, sie beschweren sich über nichts. Sie stehen einfach da; die Wälder gehen in den Herbst und später in den Winter und sehen darin keine Schwierigkeiten. Die Dohlen fliegen frei herum und kreischen, soviel sie wollen. Die Marale, wenn das wirklich Marale waren, sind vom Gebirgspaß hergekommen und durchstreifen den Wald, wie sie wollen und wo sie wollen. In den Städten flanieren die Menschen sorglos durch die asphaltierten Straßen, fahren mit Taxis, sitzen in Restaurants und geben sich Vergnügungen hin. Ihn jedoch hat das Schicksal in diese Berge verschlagen, er ist unglücklich... Selbst dieser Rührige Momun, sein nichtsnutziger Schwiegervater, ist glücklicher als er, weil er

an Märchen glaubt. Ein dummer Mensch. Die Dummen sind immer mit dem Leben zufrieden.
Oroskul aber haßt sein Leben. Es ist nicht so, wie er es will. Das ist ein Leben für solche wie den Rührigen Momun. Was braucht der schon? Solange er lebt, schuftet er tagaus, tagein ohne Muße. Und in seinem ganzen Leben ist ihm noch nie ein Mensch unterstellt gewesen, er hat sich allen untergeordnet, sogar seiner Alten, er widerspricht auch ihr nicht. Der arme Teufel ist schon über ein Märchen glücklich. Sieht Marale im Wald und ist zu Tränen gerührt, als hätte er leibliche Brüder getroffen, die er seit hundert Jahren in der ganzen Welt sucht.
Ach, was soll man da weiter sagen ...
Endlich erreichten sie die letzte Anhöhe, auf der der lange, steile Abstieg zum Fluß begann. Sie machten halt, um zu verschnaufen.
Jenseits des Flusses, im Hof der Försterei, stieg neben Oroskuls Haus Rauch auf, vom Samowar wohl. Also wartete seine Frau bereits auf ihn. Aber davon wurde ihm nicht leichter. Er atmete mit weit geöffnetem Mund, die Luft war ihm knapp. Die Brust schmerzte, im Kopf pochten wie ein Echo die Herzschläge. Der Schweiß von der Stirn biß in die Augen. Vor ihm lag der lange steile Abhang. Und zu Hause wartete die unfruchtbare Frau. Sieh an, hat den Samowar aufgestellt, will mir Gutes tun ... Plötzlich spürte er das heftige Verlangen, einen Anlauf zu nehmen und den bauchigen Samowar mit einem Fußtritt zu allen Teufeln zu schicken. Und dann sich auf die Frau zu stürzen und sie zu schlagen, sie blutig zu schlagen, sie totzuschlagen. In Gedanken hörte er mit Genuß die Frau schreien und ihr unglückliches Schicksal verfluchen. Soll sie nur, dachte er. Soll sie nur. Mir geht's schlecht, warum soll's ihr besser gehen?
Momun unterbrach seine Gedanken.
»Das hab ich ja ganz vergessen, mein Sohn«, erinnerte er

sich plötzlich und trat eilig an Oroskul heran. »Ich muß doch in die Schule, den Kleinen abholen. Der Unterricht ist zu Ende.«
»Na und?« sagte Oroskul, absichtlich ruhig.
»Sei nicht böse, mein Sohn. Wir lassen den Stamm hier liegen, steigen hinunter, und du ißt zu Hause Mittag. Unterdessen reite ich zur Schule und hole den Jungen. Dann kommen wir wieder hierher und schaffen den Stamm hinüber.«
»Und hast du lange nachgedacht, Alter, bis du daraufgekommen bist?« fragte Oroskul höhnisch.
»Der Junge weint sonst.«
»Na und?« brauste Oroskul auf. Nun hatte er doch noch etwas gefunden, wofür er dem Alten eine anständige Lehre erteilen konnte. Den ganzen Tag schon suchte er nach einem Vorwand, um ihn zu schikanieren, und jetzt gab ihm der den Anlaß. »Er weint, und deshalb lassen wir die Arbeit liegen? Heute morgen hast du mich schon zum Narren gemacht – ich bring ihn in die Schule. Na gut, hast ihn hingebracht. Aber jetzt – ich hol ihn von der Schule ab! Und was mache ich? Ist das hier eine Spielerei?«
»Nicht doch, mein Sohn«, bat Momun. »An so einem Tag. Mir ist's ja gleich, aber der Junge wartet, er wird weinen an so einem Tag...«
»Was? An was für einem Tag? Was ist denn das für ein besonderer Tag?«
»Die Marale sind zurückgekehrt. Deshalb ist es ein besonderer Tag...«
Oroskul verschlug es die Sprache vor Verwunderung. Er hatte sie längst vergessen, die Marale, die wie schnelle springende Schatten vorbeigehuscht waren, während er über die dornigen Sträucher rutschte und ihm vor Angst das Herz in die Hosen fiel, weil ihn der abstürzende Baumstamm jeden Moment breit walzen konnte. Ihm stand nicht der Sinn nach Maralen und dem Geschwätz des Alten.

»Für wen hältst du mich eigentlich?« sagte er leise und zornig, dem Alten ins Gesicht atmend. »Schade, daß du keinen Bart hast, sonst würde ich daran ziehen, damit du andere nicht für dümmer hältst als dich. Was zum Henker gehen mich deine Marale an? Ich werde noch an sie denken. Quatsche mir doch nicht die Ohren voll! Los, mach dich an den Stamm. Und bevor wir ihn durch den Fluß gezogen haben, will ich kein Sterbenswörtchen mehr hören. Wer dort in die Schule geht, wer dort weint, interessiert mich nicht. Genug, vorwärts . . .«

Momun gehorchte wie immer ohne Widerspruch. Er wußte, daß Oroskul ihn nicht aus den Klauen lassen würde, bevor der Baumstamm an Ort und Stelle war, und arbeitete schweigend und verzweifelt. Er verlor kein Wort weiter, obschon er wie auf glühenden Kohlen ging. Der Enkel erwartete ihn bei der Schule; die anderen Kinder waren schon nach Hause gegangen, nur er allein, der verwaiste Enkel, schaute den Weg entlang und wartete.

Der alte Mann stellte sich vor, wie die ganze Klasse in Hast aus der Schule stürzt und nach Hause läuft. Die Kinder haben Hunger. Schon von draußen wittern sie den Duft des für sie bereiteten Essens, froh und aufgeregt gehen sie an den Fenstern vorüber. Die Mütter erwarten sie schon. Jede von ihnen hat ein Lächeln, von dem einem ganz anders wird. Ob es der Mutter gut geht oder schlecht, ein Lächeln für ihr Kind hat sie immer bereit. Und selbst wenn sie es streng anschreit: »Willst du dir nicht die Hände waschen?«, ist in ihren Augen dennoch das Lächeln versteckt.

Momuns Enkel hatte, seit er in die Schule ging, immer Tintenfinger. Dem Großvater gefiel das, bedeutete es doch, daß der Bursche arbeitete. Da steht jetzt also sein Enkel mit den Tintenfingern auf dem Weg, die im Sommer gekaufte geliebte Tasche in der Hand. Die Zeit wird ihm lang, unruhig schaut und horcht er, ob der Großvater mit dem Pferd auf dem Hügel auftaucht. Der Großvater ist doch immer pünktlich gewesen. Wenn der Junge aus der Schule kam, war der Großvater schon vom Pferd gestiegen und wartete in der Nähe. Alle gingen nach Hause, und der Junge lief zum Großvater. »Da ist der Opa, beeilen wir uns!« sagte er zur Tasche. Beim Großvater angelangt, umarmte er ihn und schmiegte das Gesicht an seinen Bauch, den vertrauten Geruch der alten Kleidung und des trockenen Sommerheus einatmend: In diesen Tagen brachte der Großvater das Heu ballenweise auf dem Pferd vom anderen Ufer herüber; im Winter wäre es sonst unerreichbar, deshalb war es besser, es im Herbst herüberzuschaffen. Und noch lange danach roch Momun nach dem etwas bitteren Heu.

Der Großvater setzte den Jungen hinter sich aufs Pferd, und sie ritten nach Hause, mal im leichten Trab, mal im Schritt, mal schweigend, mal über Belangloses redend, und ehe sie sich's versahen, waren sie am Ziel. Durch einen Bergsattel zwischen zwei Anhöhen ritten sie in die heimische San-Tasch-Schlucht.

Die stürmische Begeisterung des Jungen für die Schule ärgerte die Großmutter. Kaum war er aufgewacht, zog er sich schnell an und packte die Bücher und Hefte in die Schultasche. Es verdroß sie, daß er die Tasche zur Nacht neben sich legte. »Was hast du bloß dauernd mit der scheußlichen Tasche? Nimm sie doch zur Frau, dann brauchen wir wenigstens kein Brautgeld zu zahlen ...« Der Junge hörte nicht auf sie und verstand nicht einmal richtig, wovon sie überhaupt sprach. Hauptsache, er kam nicht zu spät in die Schule. Er lief auf den Hof hinaus und drängte den Großvater zur Eile. Und beruhigte sich erst, wenn die Schule in Sicht war.

Einmal in der vorigen Woche waren sie zu spät gekommen. Momun war in aller Frühe zum anderen Ufer geritten, um schon am Morgen eine Ladung Heu zu holen. Das wäre nicht schlimm gewesen, aber unterwegs ging der Ballen auf, und das Heu fiel auseinander. Er mußte es neu binden und aufs Pferd laden. Durch die Eile fiel es am Fluß noch einmal auseinander.

Der Enkel aber wartete drüben. Er stand auf einem schartigen Stein, schwenkte die Tasche und rief. Der alte Momun beeilte sich noch mehr, aber die Schnüre waren verheddert und nicht so schnell zu entwirren. Der Junge schrie in einem fort, und der Alte verstand, daß er weinte. Da ließ er Heu und Schnüre liegen, setzte sich aufs Pferd und ritt durch die Furt zu seinem Enkel.

Bis er drüben war, verging auch noch Zeit: Durch die Furt konnte man nicht einfach galoppieren, das Wasser war tief und die Strömung reißend. Im Herbst ging es noch, aber im Sommer hätte die Strömung das Pferd fortgerissen. Als Momun endlich drüben bei seinem Enkel war, schluchzte dieser schon laut. Er sah den Großvater nicht an, sondern weinte nur und sagte: »Ich komm zu spät, ich komm zu spät in die Schule.« Der Alte beugte sich vom Pferd, hob ihn zu sich in den Sattel und galoppierte los. Wäre die Schule in der Nähe, so hätte der Junge allein hinlaufen können. Nun aber weinte er den ganzen Weg ohne Unterlaß, und der Großvater konnte ihn nicht beruhigen. So brachte er den Schluchzenden in die Schule. Der Unterricht hatte schon begonnen. Momun brachte ihn gleich in die Klasse.

Er entschuldigte sich vielmals bei der Lehrerin und versprach, das würde nie wieder vorkommen. Ihn erschütterte, daß der Enkel geweint hatte, weil er zu spät kam. Gebe Gott, daß es dich immer so in die Schule zieht, dachte er. Trotzdem, warum hat der Bengel so geweint? Also leidet er unter einer Kränkung, einer unausgesprochenen Kränkung . . .

Während Momun jetzt neben dem Baumstamm ging und ihn mal von der einen, mal von der anderen Seite mit der Hebelstange bugsierte und stützte, damit er nirgends hängenblieb

und schneller den Berg hinabrutschte, dachte er dauernd an den Enkel.
Aber Oroskul hatte es nicht eilig. Er führte das Pferd. Und sehr beeilen konnte man sich hier auch nicht – der Abhang war hoch und steil, man mußte ihn schräg hinabsteigen. Aber hätte er nicht Momuns Bitte erfüllen können, den Stamm solange liegenzulassen und ihn später zu holen? Ach, wenn er die Kraft hätte, er würde den Stamm auf die Schulter nehmen, durch den Fluß tragen und dort hinwerfen, wo ihn das Auto abholen sollte. Da habt ihr ihn, würde er sagen, nehmt euren Baumstamm und laßt mich in Ruhe. Und er würde zu seinem Enkel eilen.
Aber daran war gar nicht zu denken. Sie mußten noch über Steine und Geröll zum Fluß gelangen und den Stamm mit dem Pferd hinüberziehen. Das Pferd quälte sich jedoch schon – es war so lange bergauf und bergab gelaufen ... Dabei konnte man noch von Glück sagen, wenn alles gut ging. Wie, wenn der Stamm mitten im Fluß in den Steinen hängenblieb oder das Pferd strauchelte und stürzte?
Und als sie schon durchs Wasser gingen, flehte Großvater Momun: Hilf, Gehörnte Hirschmutter, laß den Stamm nicht hängenbleiben, laß das Pferd nicht stürzen! Er hatte die Stiefel ausgezogen und über die Schulter geworfen, die Hosen bis über die Knie hochgekrempelt und hastete hinter dem schwimmenden Baumstamm her. Das Pferd zog ihn schräg gegen die Strömung. So rein und durchsichtig das Wasser im Fluß war, so kalt war es auch. Herbstwasser.
Der Alte litt: Macht nichts, die Beine würden schon nicht absterben, wenn bloß der Baumstamm bald drüben war. Und doch blieb der Stamm zwischen den Steinen hängen, wie zum Trotz, gerade da, wo das Wasser am reißendsten war. In solchen Fällen muß man das Pferd ein wenig ausruhen lassen und dann feste antreiben – mit einem tüchtigen Ruck kann man den Stamm von den Steinen losreißen. Doch

Oroskul, der auf dem Pferd saß, hieb schonungslos mit der Reitpeitsche auf das geschwächte und ermüdete Tier ein. Es sank auf die Hinterhand, rutschte aus und strauchelte, doch der Stamm rührte sich nicht vom Fleck. Dem Alten erstarrten die Beine vor Kälte, ihm wurde schwarz vor Augen. Sein Kopf schwindelte. Die Steilwand, der Wald über der Steilwand, die Wolken am Himmel neigten sich, fielen ins Wasser, schwammen in der schnellen Strömung fort und kehrten wieder zurück. Ihm wurde schlecht. Verfluchter Baumstamm! Wär er trocken und abgelagert, dann wär das was anderes, trockenes Holz schwimmt von selbst, man braucht es bloß festzuhalten. Diesen Stamm aber hatten sie gerade erst gefällt und zogen ihn schon jetzt durch den Fluß. Wer macht so etwas! Und *das* kommt dabei heraus. Eine finstere Geschichte nimmt ein böses Ende. Oroskul hatte die Kiefer nicht zum Austrocknen liegenlassen wollen: Im Falle einer unverhofften Inspektion würde man ein Protokoll aufsetzen – Fällen wertvoller Bäume in einem Naturschutzwald. Deshalb mußte der Baumstamm so schnell wie möglich abtransportiert werden...
Oroskul trat das Pferd mit den Absätzen, schlug es mit der Peitsche auf den Kopf, fluchte scheußlich und schrie den Alten an, als wäre der an allem schuld, doch der Stamm gab nicht nach, er saß zwischen den Steinen fest. Da riß dem Alten die Geduld. Zum erstenmal in seinem ganzen Leben erhob er die Stimme im Zorn.
»Steig ab!« schrie er, trat entschlossen an Oroskul heran und zerrte ihn aus dem Sattel. »Siehst du nicht, daß das Pferd es nicht schafft? Steig sofort ab!«
Der erstaunte Oroskul gehorchte schweigend. Er sprang mit den Stiefeln aus dem Sattel direkt ins Wasser. Von diesem Augenblick an war er gleichsam nicht mehr Herr seiner Sinne, war wie betäubt, war nicht mehr er selbst.
»Los. Hau ruck! Los, zugleich!«

Auf Momuns Kommando legten sie ihr ganzes Gewicht auf die Hebelstange, hoben den Baumstamm an und befreiten ihn aus der Umklammerung der Steine.
Wie klug doch so ein Pferd ist! Es zog gerade im richtigen Moment an und riß, stolpernd und auf den Steinen ausrutschend, an den Zugsträngen. Der Baumstamm rührte sich ein wenig von der Stelle, kam ins Gleiten und blieb erneut stecken. Das Pferd ruckte noch einmal, konnte sich aber nicht halten und fiel strampelnd und sich im Geschirr verheddernd ins Wasser.
»Das Pferd! Hilf dem Pferd hoch!« trieb der Alte Oroskul an.
Mit Mühe gelang es ihnen gemeinsam, dem Pferd auf die Beine zu helfen. Es zitterte vor Kälte und konnte kaum noch im Wasser stehen.
»Spann aus!«
»Warum?«
»Spann aus, hab ich gesagt. Wir werden anders anspannen. Mach die Zugstränge ab!«
Und wieder gehorchte Oroskul schweigend. Als das Pferd ausgespannt war, ergriff Momun die Zügel.
»Und jetzt gehen wir«, erklärte er. »Wir kommen nachher zurück. Das Pferd muß sich ausruhen.«
»Halt, halt!« Oroskul riß dem Alten die Zügel aus der Hand. Er war gleichsam erwacht, wurde wieder er selbst. »Willst du mich an der Nase herumführen? Du bleibst hier. Wir schaffen den Stamm sofort hinüber. Heute abend wird er abgeholt. Spann das Pferd ohne Widerrede an, verstanden?«
Momun drehte sich schweigend um und ging, auf den steif gewordenen Beinen humpelnd, durch die Furt zum Ufer.
»Wo willst du hin, Alter? Wohin, frage ich?«
»Wohin! Wohin! In die Schule. Der Enkel wartet dort seit Mittag.«

»Komm sofort zurück! Zurück!«
Der Alte gehorchte nicht. Oroskul ließ das Pferd im Fluß stehen, und auf dem Ufergeröll holte er Momun ein, packte ihn an der Schulter und riß ihn herum.
Sie standen sich Auge in Auge gegenüber.
Mit einer kurzen Handbewegung zerrte Oroskul die an den Schäften übergehängten alten Kunstlederstiefel von Momuns Schulter und schlug sie weit ausholend dem Schwiegervater zweimal auf den Kopf und ins Gesicht.
»Nun aber los!« knirschte er und schleuderte die Stiefel zur Seite.
Der alte Mann ging zu den Stiefeln und hob sie von dem feuchten Sand auf. Als er sich aufrichtete, bluteten seine Lippen.
»Lump!« sagte er, Blut spuckend, und warf die Stiefel wieder über die Schulter.
Das sagte der Rührige Momun, der noch nie jemandem widersprochen hatte. Das sagte ein blaugefrorener unglücklicher Greis mit über die Schulter geworfenen alten Stiefeln und blutenden Lippen.
»Los, komm!«
Oroskul zerrte ihn hinter sich her. Aber Momun riß sich los und ging davon, ohne sich umzusehen.
»Na warte, du alter Schwachkopf, jetzt nimm dich in acht! Das vergeß ich dir nicht!« schrie ihm Oroskul hinterher und schüttelte die Faust.
Der Alte sah sich nicht um. Auf dem Pfad beim »liegenden Kamel« angelangt, setzte er sich hin, zog die Stiefel an und ging schnell nach Hause. Ohne sich irgendwo aufzuhalten, betrat er den Pferdestall und führte das graue Pferd Alabasch hinaus, das unantastbare Reitpferd Oroskuls, auf das sich niemand zu setzen wagte und das nicht angespannt wurde, um es nicht als Rennpferd zu verderben. Ohne Sattel und ohne Steigbügel ritt Momun vom Hof, als eile er zu einer

Feuersbrunst. Als er an den Fenstern und an dem noch dampfenden Samowar vorbeisprengte, merkten die herausgestürzten Frauen, seine Alte, seine Tochter Bekej und die junge Guldshamal, daß mit ihm etwas nicht stimmte. Noch nie hatte er Alabasch bestiegen, noch nie war er so halsbrecherisch über den Hof galoppiert. Sie wußten auch nicht, daß der Rührige Momun meuterte. Sie wußten auch nicht, wie teuer ihm diese Meuterei auf seine alten Tage zu stehen kommen sollte.

Aus der Richtung der Furt kehrte Oroskul zurück, er führte das ausgespannte Pferd am Zügel. Das Tier lahmte auf einem Vorderbein. Die Frauen sahen schweigend, wie er auf den Hof zukam. Sie ahnten noch nicht, was in Oroskul vorging, was für Nöte und Ängste er ihnen an diesem Tag bringen würde...

In nassen, schlappenden Stiefeln und nassen Hosen kam er mit bleiernen, schwerfälligen Schritten näher und sah die Frauen finster und mürrisch an.

Seine Frau Bekej fragte besorgt: »Was ist mit dir, Oroskul? Du bist ja ganz naß. Ist der Baumstamm weggeschwommen?«

»Nein«, winkte Oroskul ab. »Nimm«, befahl er und gab die Zügel Guldshamal. »Führ das Pferd in den Stall.« Er ging zu seiner Tür. »Marsch ins Haus«, sagte er zur Frau.

Die Großmutter wollte ihnen folgen, aber Oroskul ließ sie nicht über die Schwelle.

»Geh, Alte. Hast hier nichts zu suchen. Geh zu dir und laß uns allein.«

»Was ist denn?« fragte die Alte gekränkt. »Was soll das heißen? Was ist mit unserem Alten los? Was ist geschehen?«

»Frag ihn doch selbst«, antwortete Oroskul.

Im Haus zog Bekej dem Mann die nassen Sachen aus, gab ihm den Pelzmantel, brachte den Samowar und wollte Tee eingießen.

»Nicht nötig«, lehnte Oroskul mit einer Handbewegung ab. »Gib mir Wodka.«
Die Frau holte eine volle Halbliterflasche und schenkte in ein Glas ein.
»Mach das Glas voller«, befahl Oroskul.
In einem Zug kippte er den Wodka hinter, hüllte sich in den Pelzmantel, legte sich auf die Filzmatte und sagte zur Frau: »Du bist nicht meine Frau, und ich bin nicht dein Mann. Geh. Ich will dich nicht mehr sehen. Geh, bevor es zu spät ist.«
Bekej seufzte, setzte sich aufs Bett und sagte leise, wie gewöhnlich die Tränen verschluckend: »Schon wieder?«
»Was schon wieder?« brüllte Oroskul. »Raus!«
Bekej stürzte aus dem Haus und erhob wie immer händeringend ein über den ganzen Hof gellendes Klagegeschrei: »Warum bin ich Unglückliche bloß auf die Welt gekommen...«
Unterdessen galoppierte der alte Momun auf Alabasch zu seinem Enkel. Alabasch war ein schnelles Pferd. Trotzdem kam Momun über zwei Stunden zu spät. Er traf den Enkel unterwegs. Die Lehrerin brachte ihn nach Hause. Es war die Lehrerin mit den wettergebräunten, spröden Händen und dem unvermeidlichen Mantel, den sie das fünfte Jahr trug. Die müde Frau machte einen mürrischen Eindruck. Der Junge, der sich längst ausgeweint hatte, ging mit verschwollenen Augen kläglich und gedemütigt mit seiner Tasche in der Hand neben ihr her. Sie las dem alten Momun gehörig die Leviten. Er war abgesessen und stand mit gesenktem Kopf vor ihr.
»Bringen Sie das Kind nicht in die Schule«, sagte sie, »wenn Sie es nicht rechtzeitig abholen. Rechnen Sie nicht mit mir, ich hab selber vier Kinder.«
Wieder entschuldigte sich Momun, wieder versprach er, daß sich das nie wiederholen würde.

Die Lehrerin kehrte nach Dshelessai zurück, der Großvater machte sich mit dem Enkel auf den Heimweg.
Der Junge saß vor ihm auf dem Pferd und schwieg. Der Alte wußte nicht, was er ihm sagen sollte.
»Bist du sehr hungrig?« fragte er.
»Nein, die Lehrerin hat mir Brot gegeben«, erwiderte der Enkel.
»Warum bist du denn so schweigsam?«
Der Junge sagte nichts.
Momun lächelte schuldbewußt.
»Du bist mir aber empfindlich.« Er nahm dem Jungen die Mütze ab, küßte ihn auf den Scheitel und setzte ihm die Mütze wieder auf.
Der Junge drehte sich nicht um.
So ritten sie bedrückt und schweigsam. Momun ließ Alabasch nicht freien Lauf, sondern hielt die Zügel kurz – er wollte nicht, daß der Junge auf dem ungesattelten Pferd zu sehr geschüttelt wurde. Und Eile hatte jetzt auch keinen Sinn mehr.
Das Pferd verstand bald, was von ihm verlangt wurde, es lief einen leichten Halbpaß, schnaubte ab und zu, seine Hufe trappelten über den Weg. Mit einem solchen Pferd möchte man allein reiten und halblaut Lieder singen – nur für sich selbst. Wovon singt der Mensch nicht alles, wenn er mit sich allein ist! Von unerfüllten Träumen, von vergangenen Jahren, davon, was damals war, als er liebte... Der Mensch seufzt gern den Zeiten nach, in denen Unerreichbares für immer zurückgeblieben ist. Was eigentlich, versteht er selbst nicht. Doch zuweilen möchte er daran denken, möchte er sich seiner selbst bewußt werden.
Ja, ein gutes Pferd mit gutem Gang ist ein guter Weggenosse. Während der alte Momun auf den kurzgeschorenen Hinterkopf, den dünnen Hals und die abstehenden Ohren des Enkels schaute, dachte er auch daran, daß ihm von seinem gan-

zen unglücklichen Leben, von all seiner Arbeit und Mühe, von all den Sorgen und Plagen nur dieses Kind, dieses noch hilflose Wesen geblieben war. Schön, wenn er es noch auf eigne Füße stellen könnte. Blieb der Junge allein, so würde er es schwer haben. War kaum größer als ein Maiskolben und hatte schon seinen eignen Charakter. Er müßte einfacher sein, herzlicher... Solche wie Oroskul würden ihn hassen und zerfleischen wie die Wölfe einen gehetzten Hirsch...

Und da erinnerte sich Momun an die Marale, die wie schnelle, ungestüme Schatten an ihm vorbeigehuscht waren und ihm einen Ausruf der Verwunderung und der Freude entlockt hatten.

»Weißt du, mein Junge, Marale sind zu uns gekommen«, sagte er.

Der Junge drehte sich lebhaft um.

»Wirklich?«

»Wirklich. Ich hab sie selbst gesehen. Drei Stück.«

»Und wo sind sie hergekommen?«

»Bestimmt über den Paß. Auf der anderen Seite sind auch Naturschutzwälder. Der Herbst ist dieses Jahr wie ein Sommer – der Paß ist offen. Da sind sie uns besuchen gekommen.«

»Und werden sie bei uns bleiben?«

»Wenn es ihnen gefällt, werden sie bleiben. Wenn man sie nicht anrührt, werden sie auch leben. Futter gibt's bei uns reichlich. Hier kannst du auch tausend Marale halten... In früheren Zeiten, zur Zeit der Gehörnten Hirschmutter, gab es hier unermeßlich viele von ihnen...«

Als der Alte merkte, daß der Junge bei dieser Nachricht auftaute und seine Kränkung vergaß, erzählte er wieder von den alten Zeiten und von der Gehörnten Hirschmutter. Und er selbst dachte, von der eigenen Erzählung mitgerissen: Wie leicht kann man plötzlich glücklich werden und einem anderen Glück bringen! So müßte man immer leben. Ja, so wie jetzt, in dieser Stunde. Doch das Leben ist nicht so eingerichtet – neben dem Glück lauert ständig das ewige, unablässig wiederkehrende Unglück, das einen verfolgt, das fortwährend in die Seele und in das Leben eindringt. Selbst zu dieser Stunde, da er und sein Enkel glücklich waren, regte sich neben der Freude die Unruhe: Was war dort mit Oroskul? Was hatte er vor? Welche Strafe hatte er ausgeheckt für ihn, den Alten, der es gewagt hatte, nicht zu gehorchen? Denn Oroskul ließ das nicht auf sich beruhen. Sonst wär er nicht Oroskul.

Und um nicht an das Unglück zu denken, das seine Tochter und ihn erwartete, erzählte Momun dem Enkel selbstvergessen von den edlen Maralen und von der Schönheit und Schnelligkeit dieser Tiere, als könne er damit das Unvermeidliche abwenden.

Der Junge fühlte sich wohl. Er ahnte nicht, was ihn zu Hause erwartete. Seine Augen und Ohren glühten. Die Marale sind zurückgekehrt? Also ist alles wahr! Der Großvater sagt, die Hirschmutter habe den Menschen die Verbrechen gegen sie vergeben und ihren Kindern erlaubt, in die Berge am Issyk-Kul zurückzukehren. Jetzt seien drei Marale gekommen, um zu erkunden, wie es hier ist, und wenn es ihnen bei uns gefalle, würden alle Marale in ihre Heimat zurückkehren.

»Ata«, unterbrach der Junge den Großvater. »Vielleicht ist die Gehörnte Hirschmutter selbst gekommen? Vielleicht will sie nachsehen, wie es hier bei uns ist, und dann ihre Kinder rufen, ja?«

»Vielleicht«, entgegnete Momun unsicher und stockend. Es wurde ihm etwas peinlich: Hatte er sich nicht zu sehr hinreißen lassen, glaubte der Junge nicht zu fest an seine Worte? Aber er tat nichts, um den Enkel von seinem Glauben abzubringen. Dazu wäre es auch schon zu spät gewesen. »Wer weiß«, antwortete er und zuckte die Achseln. »Vielleicht ist

die Gehörnte Hirschmutter selbst gekommen. Wer weiß ...«
»Sehen wir doch gleich mal nach. Komm, Ata, gehen wir zu der Stelle, an der du die Marale gesehen hast«, sagte der Junge, »ich möchte sie auch sehen.«
»Aber sie bleiben doch nicht immer an derselben Stelle.«
»Wir gehen ihren Spuren nach, ganz lange. Und wenn wir auch nur ein bißchen von ihnen gesehen haben, kehren wir zurück. Dann denken sie, daß die Menschen sie nicht anrühren werden.«
»Du Kindskopf«, sagte der Großvater lächelnd. »Reiten wir erst einmal nach Hause, dann werden wir sehen.«
Sie waren schon auf dem Pfad hinter den Häusern angelangt. Ein Haus ist von hinten wie der Rücken eines Menschen. Alle drei Häuser ließen nicht erkennen, was in ihnen vor sich ging. Auch im Hof war es leer und still. Ein unangenehmes Vorgefühl schnürte Momun das Herz zusammen. Was kann geschehen sein? Hat Oroskul seine unglückliche Bekej verprügelt? Hat er sich betrunken? Was kann noch geschehen sein? Warum ist es so still, warum ist zu dieser Stunde niemand im Hof? Wenn alles in Ordnung ist, muß ich den unglückseligen Stamm aus dem Fluß holen. Mit Oroskul legt man sich lieber nicht an. Besser, man tut, was er sagt, und pfeift auf alles. Einem Esel kann man nicht beweisen, daß er ein Esel ist.
Momun ritt zum Pferdestall.
»Steig ab, wir sind da«, sagte er zu dem Enkel, als wären sie von weit her gekommen, und bemühte sich dabei, seine Erregung zu verbergen.
Als der Junge mit seiner Tasche ins Haus laufen wollte, hielt ihn Großvater Momun zurück.
»Warte, wir gehen zusammen.«
Er brachte Alabasch in den Stall, nahm den Jungen bei der Hand und ging zum Haus.
»Paß auf«, sagte der Großvater zum Enkel, »wenn sie mich

ausschimpfen, hab keine Angst und hör nicht auf das, was sic sagen. Dich geht das nichts an. Deine Sache ist es, in die Schule zu gehen.«

Aber nichts dergleichen geschah. Als sie nach Hause kamen, sah die Großmutter Momun nur lange und mißbilligend an und beugte sich mit verkniffenen Lippen wieder über ihre Näharbeit. Der Großvater sagte auch nichts zu ihr. Finster und erwartungsvoll stand er eine Weile mitten im Zimmer, dann holte er eine große Schale mit Nudelsuppe vom Herd, nahm Löffel und Brot und setzte sich mit dem Enkel zum späten Mittagessen.

Sie aßen schweigend, die Großmutter würdigte sie keines Blicks. Auf ihrem schlaffen, braunen Gesicht war der Zorn erstarrt. Der Junge verstand, daß etwas sehr Schlimmes passiert war. Die Alten schwiegen noch immer.

Dem Jungen wurde so angst und bange, daß ihm das Essen im Halse steckenblieb. Nichts ist schlimmer, als wenn Menschen beim Mittagessen schweigen und ihren bösen und argwöhnischen Gedanken nachhängen. »Vielleicht sind wir schuld?« sagte der Junge im stillen zu der Tasche. Die Tasche lag auf dem Fensterbrett. Das Herz des Jungen rollte über den Boden, kletterte auf das Fensterbrett, kroch ganz nahe an die Tasche heran und flüsterte ihr zu: »Weißt du nichts? Warum ist der Opa so traurig? Was hat er denn getan? Warum ist er heute zu spät gekommen, warum ist er auf dem Alabasch geritten und ohne Sattel? Das ist doch noch nie dagewesen. Vielleicht hat er die Marale im Wald gesehen und sich dabei solange aufgehalten? Aber wenn es nun gar keine Marale gibt? Wenn das gar nicht stimmt? Was dann? Warum hat er das dann erzählt? Die Gehörnte Hirschmutter wär doch sehr böse, wenn er uns beschwindelt ...«

Als Momun mit dem Mittagessen fertig war, sagte er leise zu dem Jungen: »Geh auf den Hof, es gibt noch etwas zu tun. Du wirst mir helfen. Ich komm gleich nach.«

Gehorsam ging der Junge hinaus. Kaum hatte er die Tür hinter sich geschlossen, da erscholl die Stimme der Großmutter.
»Wo willst du hin?«
»Ich geh den Baumstamm holen. Der ist heut im Fluß stekkengeblieben«, erwiderte Momun.
»Ach, hast dich plötzlich erinnert?« schrie die Großmutter. »Hast Vernunft angenommen? Geh mal hin und sieh dir deine Tochter an. Guldshamal hat sie zu sich genommen. Wer braucht sie jetzt noch, deine nichtgebärende Närrin. Geh hin, soll sie dir sagen, was jetzt ist. Wie eine räudige Hündin hat ihr Mann sie aus dem Haus gejagt.«
»Na wennschon, dann hat er sie eben rausgejagt«, sagte Momun bitter.
»Sieh mal einer an! Wer bist du denn? Deine Töchter sind liederlich, und jetzt möchtest du aus deinem Enkel einen Vorgesetzten machen, was? Warte nur. Da hast du aber jemanden, für den du mit dem Kopf durch die Wand rennen mußt. Und auf dem Alabasch bist du auch noch geritten. Sieh mal einer an! Du solltest wissen, wo dein Platz ist, und dir überlegen, mit wem du dich verbündest... Er wird dir den Hals umdrehen wie einer Henne. Seit wann widersprichst du denn? Seit wann bist du denn ein Held geworden? Und denk nicht daran, deine Tochter zu uns zu bringen. Ich laß sie nicht über die Schwelle...«
Der Junge schlenderte betrübt über den Hof. Im Haus war das Geschrei der Großmutter zu hören, dann klappte die Tür, und Momun kam aus dem Haus. Er ging zu Sejdachmats Haus, doch auf der Schwelle empfing ihn Guldshamal.
»Besser nicht jetzt, nachher«, sagte sie zu Momun, der bestürzt stehenblieb. »Sie weint, er hat sie verprügelt«, flüsterte Guldshamal. »Sie sagt, daß sie jetzt nicht mehr zusammen leben werden. Sie schimpft über Sie. An allem ist der Vater schuld, meint sie.«

Momun schwieg. Was sollte er da sagen? Jetzt wollte ihn schon die eigene Tochter nicht sehen.
»Oroskul trinkt bei sich zu Hause. Wie ein Wilder«, erzählte Guldshamal flüsternd.
Sie wurden nachdenklich. Guldshamal seufzte teilnahmsvoll.
»Wenn doch Sejdachmat da wäre! Er müßte heute zurückkommen. Dann würden wir den Baumstamm holen und wären wenigstens diese Sorge los.«
»Geht es denn etwa um den Baumstamm?« gab Momun kopfschüttelnd zu bedenken. Er versank in Nachdenken, und als er den Enkel neben sich sah, sagte er zu ihm: »Du geh spielen.«
Der Junge ging in die Scheune, holte das versteckte Fernglas hervor und säuberte es vom Staub. »Schlecht steht es um uns«, sagte er bekümmert zum Fernglas. »Die Tasche und ich sind wohl schuld. Wenn es doch irgendwo eine andere Schule gäbe, dann würde ich mit der Tasche dorthin lernen gehen. So daß niemand etwas davon weiß. Nur der Großvater würde mir leid tun, er würde mich suchen. Und du, Fernglas, mit wem würdest du dann den weißen Dampfer betrachten? Denkst du, ich kann mich nicht in einen Fisch verwandeln? Wirst schon sehen, ich schwimm zum weißen Dampfer ...«
Der Junge versteckte sich hinter einem Heuschober und schaute mit dem Fernglas in die Runde. Aber er tat es unfroh und nicht lange. Zu einer anderen Zeit hätte er sich nicht satt sehen könne an den herbstlichen Wäldern auf den herbstlichen Bergen – oben weißer Schnee und unten rotes Feuer. Er legte das Fernglas an seinen Platz, und als er die Scheune verließ, sah er den Großvater das Pferd mit Kummet und Geschirr über den Hof führen, um zur Furt zu gelangen. Der Junge wollte zum Großvater laufen, aber ein Ruf Oroskuls hielt ihn zurück. Oroskul war im Unterhemd mit dem Pelz-

mantel auf den Schultern aus dem Haus gestürzt. Sein Gesicht war purpurrot wie ein entzündetes Kuheuter.

»He du!« schrie er Momun drohend an. »Wo willst du hin mit dem Pferd? Bring es sofort wieder in den Stall. Wir holen den Baumstamm ohne dich. Du hast hier nichts mehr anzurühren. Ich entlasse dich aus der Försterei. Scher dich weg, wohin du Lust hast.«

Der Großvater lächelte bitter und führte das Pferd in den Stall zurück. Er war plötzlich ganz alt und klein, ging schlurfend und ohne nach rechts und links zu sehen.

Dem Jungen verschlug diese Beleidigung des Großvaters den Atem, und damit niemand sah, wie er weinte, lief er zum Flußufer. Der Pfad verschwand im Nebel und zog sich wieder vor ihm hin. Der Junge lief mit tränenden Augen. Da waren sie, seine geliebten Ufersteine: der »Panzer«, der »Wolf«, der »Sattel«, das »liegende Kamel«. Der Junge sagte nichts zu ihnen: Sie begriffen nichts, sondern standen einfach da. Er umarmte nur den Höcker des »liegenden Kamels«, schmiegte sich an den rötlichen Granit und schluchzte laut, bitter und untröstlich. Lange weinte er, verstummte dann allmählich und beruhigte sich.

Schließlich hob er den Kopf, wischte sich die Tränen aus den Augen, sah nach vorn und erstarrte.

Direkt vor ihm, am anderen Ufer, standen am Wasser drei Marale. Richtige, lebendige Marale. Sie tranken Wasser und hatten sich anscheinend schon satt getrunken. Der eine – mit dem größeren und schwereren Geweih – beugte noch einmal den Kopf zum Wasser, und während er schlürfte, schien er sein Geweih in der seichten Bucht wie in einem Spiegel zu betrachten. Er war braun, breitbrüstig und kraftstrotzend. Als er den Kopf hob, fielen von seiner behaarten hellen Lippe Tropfen ins Wasser. Langsam die Ohren bewegend, lugte der Hirsch aufmerksam zu dem Jungen herüber.

Noch aufmerksamer aber blickte die rundbäuchige weiße

Hirschkuh mit dem kronenartig weitverzweigten dünnen Geweih den Jungen an. Ihr Geweih war etwas kleiner, aber sehr schön. Sie sah genauso aus wie die Gehörnte Hirschmutter. Ihre Augen waren groß, klar und rund. Sie glich einer wohlgebauten Stute, die jedes Jahr ein Fohlen zur Welt bringt. Die Gehörnte Hirschmutter betrachtete den Jungen ruhig und aufmerksam, als suche sie sich zu erinnern, wo sie diesen Jungen mit dem großen Kopf und den großen Ohren schon gesehen hatte. Ihre Augen glänzten feucht und leuchteten von weitem. Aus den Nüstern stieg leichter Dampf auf. Neben ihr benagte ein junges ungehörntes Kalb, dem Fluß sein Hinterteil zukehrend, die Zweige eines Weidenstrauches und kümmerte sich um nichts. Es war wohlgenährt, kräftig und munter. Plötzlich ließ es das Knabbern sein, sprang übermütig in die Höhe und streifte die Hirschkuh mit der Schulter. Nach ein paar Sprüngen begann es zu schmeicheln. Es schmiegte den ungehörnten Kopf an die Flanken der Gehörnten Hirschmutter, die den Jungen noch immer unverwandt anschaute.

Der Junge trat mit verhaltenem Atem hinter dem Stein hervor und ging, wie im Traum die Arme vorstreckend, zum Ufer, ans Wasser. Die Marale zeigten keine Scheu, sie schauten ihn ruhig vom andern Ufer her an.

Zwischen ihnen strömte der reißende durchsichtig-grünliche Fluß, schäumend über den Unterwasserriffen. Hätte nicht dieser Fluß sie getrennt, so hätte der Junge vielleicht hingehen und die Marale berühren können. Sie standen auf ebenem, reinem Geröll. Hinter ihnen, da, wo der Geröllstreifen endete, glühten wie eine rote Mauer die Baumkronen des Flußwaldes. Etwas höher war die lehmige Steilwand, darüber leuchteten die rotgoldenen Birken und Espen, und noch weiter oben waren der große Wald und der weiße Schnee auf den felsigen Gebirgsketten.

Der Junge schloß die Augen und öffnete sie wieder. Vor ihm

tat sich das gleiche Bild auf, etwas näher zum rotbelaubten Flußwald hin standen auf reinem Geröll noch immer die märchenhaften Marale. Aber da wandten sie sich um und trotteten im Gänsemarsch über das Geröll in den Wald. Voran der große Maral, in der Mitte das ungehörnte Kalb und zum Schluß die Gehörnte Hirschmutter. Sie schaute zurück und blickte noch einmal den Knaben an. Dann trabten die Marale durch die Büsche in den Flußwald. Rote Zweige schwankten über ihnen und streuten ihnen rote Blätter auf die ebenmäßigen und geschmeidigen Rücken.
Auf einem schmalen Pfad liefen sie die Steilwand hinauf. Dort blieben sie stehen. Und wieder dünkte es dem Knaben, als schauten die Marale ihn an. Der große Maral streckte den Kopf vor, bog das Geweih zum Rücken und schmetterte wie eine Trompete: »Ba-o, ba-o!« Seine Stimme hallte über der Steilwand und dem Fluß mit langem Echo wider: »A-o, a-o!«
Da kam der Junge zur Besinnung. Er lief den vertrauten Pfad nach Hause, so schnell er nur konnte, raste über den Hof, riß die Tür auf und schrie atemlos von der Schwelle her: »Ata! Die Marale sind gekommen! Die Marale! Sie sind hier!«
Großvater Momun saß still und vergrämt im Winkel, sah ihn an und sagte nichts, als verstünde er nicht, wovon die Rede war.
»Mach nicht solchen Lärm!« zischte die Großmutter. »Sind eben gekommen, wir haben jetzt andere Sorgen.«
Der Junge ging still hinaus. Im Hof war niemand. Die Herbstsonne versank schon hinter dem Karaulberg, hinter der benachbarten Kette kahler dämmeriger Berge. Eine satte, nicht wärmende Abendröte leuchtete auf den erkalteten Gebirgseinöden und breitete sich mit flimmerndem Widerschein über die Gipfel der herbstlichen Berge aus. Die Wälder bedeckten sich mit Abendnebeln.

Es wurde kalt. Wind wehte von den Schneebergen. Der Knabe zitterte und fröstelte.

VI

Er fröstelte noch immer, als er sich ins Bett legte. Lange konnte er nicht einschlafen. Draußen war schon stockfinstere Nacht. Er hatte Kopfschmerzen. Aber er sagte nichts. Niemand wußte, daß er krank war. Sie hatten ihn vergessen. Und das war jetzt auch kein Wunder!

Der Großvater war ganz durcheinander und fand keine Ruhe. Er ging hinaus, kam wieder herein und setzte sich betrübt und schweratmend hin, dann stand er abermals auf und ging irgendwohin. Die Großmutter murrte böse über den Alten und watschelte ebenfalls dauernd hinaus und wieder herein. Auf dem Hof waren undeutliche, abgerissene Stimmen, hastige Schritte und Flüche zu hören. Oroskul schien zu schimpfen, jemand weinte schluchzend...

Der Junge lag still und wurde immer müder von den Stimmen und Schritten, von all dem, was im Haus und auf dem Hof geschah.

Er schloß die Augen, und um sich die Einsamkeit und Verlassenheit zu versüßen, erinnerte er sich an das, was an diesem Tag geschehen war, an das, was er sehen wollte. Er steht am Ufer des großen Flusses. Das Wasser fließt so schnell, daß man nicht lange hinschauen kann, weil es einem sonst schwindelt. Vom anderen Ufer sehen ihn die Marale an. Die drei Marale, die er vorhin gesehen hat, stehen jetzt wieder dort. Und alles wiederholt sich von neuem. Von der feuchten Lippe des großen Hirsches fallen die gleichen Tropfen in die Bucht, als er den Kopf hebt. Und die Gehörnte Hirschmutter sieht den Knaben aufmerksam mit guten und verstehenden Augen an. Ihre Augen sind riesengroß, dunkel und feucht. Der Junge wundert sich sehr, daß die Gehörnte Hirschmutter wie ein Mensch seufzen kann, traurig und vergrämt wie sein Großvater. Dann traben die drei Marale durch die Sträucher des Flußwaldes davon. Rote Zweige schwanken über ihnen und streuen ihnen rote Blätter auf die ebenmäßigen und geschmeidigen Rücken. Sie steigen die Steilwand hinauf. Oben bleiben sie stehen. Der große Maral streckt den Kopf vor, biegt das Geweih zum Rücken und schmettert wie eine Trompete: »Ba-o, ba-o!« Der Junge lächelt im stillen, als er sich daran erinnert, wie die Stimme des Marals mit langem Echo über den Fluß widerhallte. Danach verschwinden die Marale im Wald. Aber der Junge will sich nicht von ihnen trennen und malt sich aus, was er sehen möchte.

Abermals rauscht vor ihm der reißende Fluß vorbei. Der Kopf schwindelt ihm von der schnellen Strömung. Er springt hoch und fliegt über den Fluß. Schwebend und leicht landet er in der Nähe der Marale, die noch immer auf dem Geröll stehen. Die Gehörnte Hirschmutter ruft ihn zu sich heran: »Wessen Kind bist du?«

Der Junge schweigt, es ist ihm peinlich, zu sagen, wessen Kind er ist.

»Der Großvater und ich haben dich sehr lieb, Gehörnte Hirschmutter. Wir haben dich schon lange erwartet«, sagt er.

»Ich kenne dich und auch deinen Großvater. Er ist ein guter Mensch«, entgegnet die Gehörnte Hirschmutter.

Der Junge freut sich, weiß aber nicht, wie er ihr danken kann.

»Soll ich mich in einen Fisch verwandeln und durch den Fluß in den Issyk-Kul zum weißen Dampfer schwimmen?« fragt er plötzlich.

Das kann er. Die Gehörnte Hirschmutter antwortet jedoch nicht. Da zieht der Knabe sich aus und steigt, wie im Sommer

erschauernd und sich an einem Zweig der Uferweide festhaltend, ins Wasser. Doch das Wasser ist nicht eiskalt, sondern heiß und schwül. Er schwimmt mit offenen Augen unter Wasser, Myriaden goldgelber Sandkörnchen und Unterwassersteinchen wirbeln wie ein summender Schwarm um ihn herum. Er keucht, aber der heiße Strom zieht ihn weiter und immer weiter.
»Hilf mir, Gehörnte Hirschmutter, hilf mir, ich bin auch dein Sohn, Gehörnte Hirschmutter!« schreit er laut.
Die Gehörnte Hirschmutter läuft am Ufer hinter ihm her. So schnell läuft sie, daß der Wind in ihrem Geweih pfeift. Und sofort wird ihm leichter.
Er war in Schweiß gebadet. Aber er erinnerte sich, daß der Großvater ihn in solchen Fällen noch wärmer einhüllte, und deckte sich besser zu. Niemand war im Hause. Der Lampendocht war heruntergebrannt und leuchtete nur schwach. Der Junge wollte aufstehen und etwas trinken, doch vom Hof drangen wieder barsche Stimmen herein, jemand schrie einen anderen an, jemand weinte, ein anderer beruhigte ihn. Gepolter und Getrampel waren zu hören. Dann stapften ächzend und stöhnend zwei Menschen am Fenster vorbei, und es schien, als zöge einer den anderen hinter sich her. Die Tür wurde heftig aufgerissen, und die zornentbrannte, schweratmende Großmutter stieß den Großvater regelrecht ins Haus hinein. Noch nie hatte der Junge seinen Großvater so verschreckt gesehen. Der schien überhaupt nichts mehr zu verstehen. Seine Augen irrten verstört umher. Die Großmutter stieß ihn gegen die Brust und zwang ihn, sich hinzusetzen.
»Setz dich hin, alter Narr, und misch dich nicht ein, wenn du nicht gebeten wirst. Ist das etwa das erstemal bei ihnen? Wenn du willst, daß alles wieder in Ordnung kommt, bleib sitzen und misch dich nicht ein. Tu, was ich dir sage. Hörst du? Sonst vergrault er uns hier, verstehst du, sonst bringt er

uns unter die Erde. Wo sollen wir auf unsere alten Tage hin? Wohin?« Mit diesen Worten eilte die Großmutter wieder hastig davon und schlug die Tür zu.
Im Haus wurde es still. Nur das röchelnde, stockende Atmen des Großvaters war zu hören. Er saß auf dem Tritt am Herd und preßte den Kopf mit bebenden Händen zusammen. Plötzlich fiel der alte Mann auf die Knie und stöhnte mit erhobenen Händen, an einen Unbekannten gewandt: »Nimm mich zu dir, hol mich Unglücklichen! Nur gib ihr ein Kind! Ich hab nicht mehr die Kraft, sie anzusehen. Gib ihr wenigstens ein Kind, erbarm dich unser...«
Weinend und schwankend stand der Großvater auf und tastete sich an der Wand entlang zur Tür. Er ging hinaus, machte hinter sich zu und stand dort hinter der Tür, dumpf schluchzend, die Hände vor den Mund gepreßt.
Dem Jungen wurde übel. Er fröstelte wieder. Es überlief ihn heiß und kalt. Er wollte aufstehen und zum Großvater gehen, doch Arme und Beine versagten den Dienst, und der Kopf schmerzte. Der Alte aber weinte hinter der Tür, und auf dem Hof tobte wieder der betrunkene Oroskul, heulte verzweifelt Tante Bekej, redeten Guldshamal und die Großmutter beschwörend auf sie ein.
Der Junge entfloh ihnen in seine eingebildete Welt.
Noch einmal steht er am Ufer des reißenden Flusses, und am anderen Ufer, auf dem Geröll, stehen noch immer die Marale. Da beginnt der Knabe zu flehen: »Gehörnte Hirschmutter, bring Tante Bekej eine Wiege auf dem Geweih. Ich bitte dich inständig, bring ihr eine Wiege. Sie soll ein Kind haben.« Über das Wasser geht er zur Gehörnten Hirschmutter. Das Wasser gibt nicht nach, aber er kommt auch nicht näher an das andere Ufer heran, es ist, als träte er auf der Stelle. Immer wieder bittet und beschwört er die Gehörnte Hirschmutter: »Bring ihnen auf dem Geweih eine Wiege. Mach, daß der Großvater nicht weint, mach, daß

Onkel Oroskul nicht Tante Bekej schlägt. Mach, daß ihnen ein Kind geboren wird. Ich werde alle liebhaben, auch Onkel Oroskul, gib ihm nur sein Kind. Bring ihnen eine Wiege auf dem Geweih ...«

Den Knaben dünkt, als ertöne in der Ferne ein Glöckchen. Es läutet immer lauter. Das ist die Gehörnte Hirschmutter, die durch die Berge läuft und auf ihrem Geweih, am Krummholz hängend, eine Kinderwiege trägt, einen Beschik aus Birkenholz mit einem Glöckchen. Das Wiegenglöckchen läutet. Die Gehörnte Hirschmutter hat sich sehr beeilt. Das Glöckchen kommt immer näher ...

Aber was ist das? Zu dem Läuten des Glöckchens gesellte sich ferner Motorenlärm. Irgendwo fuhr ein Lastwagen. Das Dröhnen des Autos schwoll an, wurde immer deutlicher, während das Glöckchen zaghafter, in Abständen schellte und sich bald ganz im Motorenlärm verlor.

Der Junge hörte den Lastwagen polternd näher kommen. Der Hund stürzte bellend auf den Hof. Für einen Moment schwankte im Fenster Scheinwerferlicht und erlosch dann. Auch der Motor verstummte. Die Türen des Fahrerhauses klappten. Plaudernd gingen die Ankömmlinge – den Stimmen nach drei – an dem Fenster vorbei, hinter dem der Junge lag.

»Sejdachmat ist gekommen«, hörte er Guldshamal erfreut rufen. Sie eilte ihrem Mann entgegen. »Wir haben ja schon so gewartet!«

»Guten Tag«, antworteten ihr unbekannte Leute.

»Na, wie geht's euch hier?« fragte Sejdachmat.

»Ach, so leidlich. Wir leben noch. Warum kommst du so spät?«

»Du, ich hab noch Glück gehabt. Bis zum Sowchos ging's, aber dort hab ich ewig auf ein Auto gewartet, das die gleiche Richtung hat, wenigstens bis Dshelessai. Und dann kamen die hier, sie wollten zu uns nach Holz«, erzählte Sejdachmat.

»In der Schlucht war's ganz schön finster. Du kennst ja den Weg...«
»Und wo ist Oroskul? Zu Hause?« fragte einer der Ankömmlinge.
»Ja«, erwiderte Guldshamal unsicher. »Er ist ein bißchen krank. Aber ihr braucht euch keine Sorgen zu machen. Ihr übernachtet eben bei uns, Platz ist genug da. Kommt mit.«
Sie gingen. Aber nach ein paar Schritten blieben sie stehen.
»Guten Tag, Aksakal. Guten Tag, Baibitsche.«
Die Ankömmlinge begrüßten Momun und die Großmutter. Die hatten sich wohl vor den Besuchern geschämt und empfingen sie im Hof, wie man Fremde empfängt. Vielleicht schämte sich auch Oroskul? Wenn er doch sich selbst und den anderen keine Schande machte!
Der Junge beruhigte sich etwas. Überhaupt fühlte er sich wohler. Die Kopfschmerzen hatten nachgelassen. Er erwog sogar, ob er nicht aufstehen und das Auto ansehen sollte – was für ein Wagen war das, hatte er vier oder sechs Räder? War er alt oder neu? Und was für einen Hänger hatte er? In diesem Herbst war einmal sogar ein Armeelastwagen in die Försterei gekommen – mit hohen Rädern und mit stumpfer, wie abgeschlagener Nase. Der junge Soldat, der das Auto lenkte, hatte ihn ins Fahrerhaus einsteigen lassen. Fein war das gewesen! Der Offizier mit den goldgelben Schulterstücken war mit Oroskul in den Wald gegangen. Was mochte das bedeuten? So etwas war noch nie dagewesen.
»Suchen Sie vielleicht einen Spion?« hatte der Junge den Soldaten gefragt. Dieser lächelte.
»Ja, einen Spion suchen wir.«
»Bei uns war aber noch nie ein Spion«, bedauerte der Knabe traurig.
Der Soldat lachte laut auf.
»Wozu brauchst du einen Spion?«

»Ich würde ihn jagen und fangen.«
»Oho, du gehst ja ran. Bist noch zu klein, werd erst mal größer.«
Während der Offizier mit Oroskul durch den Wald ging, unterhielt sich der Junge mit dem Fahrer.
»Ich mag alle Autos und Fahrer gern«, sagte der Junge.
»Warum denn?« wollte der Soldat wissen.
»Autos sind schön, stark und schnell. Sie riechen so gut nach Benzin. Und die Fahrer sind jung und allesamt Kinder der Gehörnten Hirschmutter.«
»Was? Was?« fragte der Soldat verständnislos. »Der Gehörnten Hirschmutter?«
»Kennst du sie etwa nicht?«
»Nein. Von so einem Wundertier hab ich noch nie gehört.«
»Wer bist du denn?«
»Ich bin aus Karaganda, Kasache. Hab auf der Bergbauschule studiert.«
»Nein, wessen Sohn du bist.«
»Vaters und Mutters Sohn.«
»Und wessen Kinder sind sie?«
»Auch Vaters und Mutters.«
»Und die?«
»Hör mal, so kannst du endlos fragen.«
»Ich bin aber ein Sohn der Söhne der Gehörnten Hirschmutter.«
»Wer hat dir das erzählt?«
»Der Opa.«
»Das stimmt nicht ganz«, meinte der Soldat und schüttelte zweifelnd den Kopf.
Ihn interessierte dieser Junge mit dem großen Kopf und den abstehenden Ohren, dieser Sohn der Söhne der Gehörnten Hirschmutter. Der Soldat war jedoch etwas verlegen, da er nicht wußte, wo sein Geschlecht herkam, und überdies nicht einmal die vorgeschriebenen sieben Väter kannte. Nur sei-

nen Vater, Großvater und Urgroßvater kannte er. Und davor?

»Hat man dir nicht beigebracht, die Namen der sieben Vorfahren zu behalten?« fragte der Junge.

»Nein, wozu auch? Ich kenne sie nicht, und das ist auch nicht weiter schlimm. Ich lebe ganz normal.«

»Der Großvater sagt, die Menschen werden schlecht, wenn sie nicht an ihre Väter denken.«

»Wer wird schlecht? Die Menschen?«

»Ja.«

»Und warum?«

»Der Großvater sagt, niemand wird sich seiner schlechten Taten schämen, wenn sich seine Kinder und Kindeskinder doch nicht an ihn erinnern. Und niemand wird gute Taten vollbringen, weil die Kinder ja doch nichts davon wissen werden.«

»So einen Großvater hast du!« Der Soldat staunte aufrichtig. »Einen interessanten Großvater. Nur stopft er dir den Kopf mit allerlei Unsinn voll. Und das bei deinem großen Kopf... Und Ohren hast du wie die Radarantennen bei uns auf dem Übungsgelände. Hör nicht auf ihn. Wir gehen dem Kommunismus entgegen, wir fliegen in den Kosmos, und was lehrt er dich? Er müßte mal zu unserem Polituntericht kommen, da wäre er im Handumdrehen aufgeklärt. Wenn du groß bist und die Schule abgeschlossen hast, geh weg vom Großvater. Er ist ein rückständiger und ungebildeter Mensch.«

»Nein, von meinem Großvater geh ich niemals weg«, hatte der Junge widersprochen. »Er ist gut.«

»Ja, vorläufig ist er das noch. Später wirst du mich verstehen.«

Jetzt, da er den Stimmen lauschte, erinnerte er sich an das Militärauto und auch daran, daß er dem Soldaten nicht vernünftig hatte erklären können, warum die hiesigen Fahrer, zumindest die, die er kannte, für Söhne der Gehörnten Hirschmutter galten. Dabei hatte er ihm die Wahrheit gesagt und nichts erfunden. Im vorigen Jahr, ebenfalls um die Herbstzeit oder vielleicht etwas später, waren die Autos vom Sowchos in die Berge gekommen, um Heu zu holen. Sie waren nicht an der Försterei vorbeigefahren, sondern vorher zum Artscha-Tal abgebogen und hatten sich bergauf gewendet, dorthin, wo sie im Sommer das Heu gemäht hatten, um es im Herbst in den Sowchos zu transportieren. Als der Junge das ungewöhnliche Dröhnen der Motoren auf dem Karaulberg hörte, rannte er zur Straßengabelung. So viel Autos auf einmal! Eins nach dem anderen. Eine ganze Kolonne. Er zählte etwa fünfzehn Fahrzeuge.

Das Wetter stand an einem kritischen Punkt, jeden Tag konnte es in dichten Flocken schneien, und dann hieße es »leb wohl, Heu, bis zum nächsten Jahr«. Wenn es in dieser Gegend nicht gelang, das Heu rechtzeitig abzufahren, mußte man es aufgeben. Später kam man nicht mehr durch. Offenbar hatte man im Sowchos mit anderen Arbeiten Zeit verloren und wollte, als es zu drängen begann, das Heu auf einmal, mit allen Autos einfahren. Aber da hatte man sich verrechnet...

Von all dem wußte der Junge nichts, und was ging es ihn auch an? Freudig und aufgekratzt lief er jedem Auto entgegen, rannte mit ihm ein Stückchen um die Wette und begrüßte dann das nächste Auto. Die vorbeirollenden Lastkraftwagen waren alle neu, hatten schöne Fahrerhäuser und breite Scheiben. In den Fahrerhäusern saßen junge Dshigiten, alle wie ausgesucht ohne Schnurrbart, in manchen Fahrzeugen sogar zu zweit, die Beifahrer sollten das Heu aufladen und festbinden. Der Junge fand sie alle schön, tüchtig und lustig. Wie im Kino.

Der Junge hatte richtig gesehen, die Lastwagen waren vorzüglich und rollten, nachdem sie die Abfahrt vom Karaulberg hinter sich gelassen hatten, schnell über den harten Schotterweg. Die Dshigiten waren in glänzender Stimmung – das Wetter nicht schlecht, und dann kam noch irgend so ein Schlingel mit großen Ohren und großem Kopf, außer sich vor wilder Freude, jedem Auto entgegengelaufen! Wie sollten sie da nicht lachen und ihm zuwinken, wie sollten sie ihm da nicht im Scherz drohen, damit er nicht so übermütig herumtollte ...

Der letzte Lastwagen hielt sogar an. Aus dem Fahrerhaus schaute ein junger Bursche in einer Matrosenjacke ohne Schulterstücke, er trug keine Soldatenmütze, sondern eine Schirmmütze und war der Fahrer.

»Tag, was machst du denn hier, he?« Er zwinkerte dem Jungen freundlich zu.

»Nichts weiter«, erwiderte der Junge verlegen.

»Bist du Großvater Momuns Enkel?«

»Ja.«

»Das hab ich mir gleich gedacht. Ich bin nämlich auch ein Bugu. Die Jungs, die hier vorbeigefahren sind, die sind alle Bugus. Wir holen Heu. Heutzutage kennen sich die Bugus gar nicht mehr, sie sind auseinandergelaufen ... Grüß den Großvater schön. Sag ihm, daß du Kulubek getroffen hast, Tschotbais Sohn Kulubek. Sag ihm, Kulubek ist aus der Armee zurück und arbeitet jetzt als Fahrer im Sowchos. Na, mach's gut.« Zum Abschied schenkte er dem Jungen ein sehr interessantes militärisches Abzeichen. Das sah wie ein Orden aus.

Das Auto brüllte wie ein Panther auf und jagte den anderen nach. Gern wär der Junge mit dem freundlichen, tüchtigen Burschen in der Matrosenjacke, mit dem Bugubruder, mitgefahren. Aber der Weg war schon wieder leer, und er mußte heimkehren. Stolz ging er nach Hause und erzählte dem Großvater von seiner Begegnung. Und das Abzeichen steckte er sich an die Brust.

Gegen Abend dieses Tages setzte plötzlich der San-Tasch-Wind ein, er kam von der himmelsnahen Gebirgskette. Ein jäher Windstoß fegte heran. Das Laub stieg wie eine Säule über dem Wald auf, flog immer höher in den Himmel und wurde mit dumpfem Rauschen über die Berge getrieben. Im Nu brach ein solches Unwetter herein, daß man die Augen nicht aufmachen konnte. Und dann kam der Schnee. Eine weiße Masse stürzte zur Erde nieder, die Wälder schwankten, und der Fluß brodelte. Es schneite und stöberte.
Mit Müh und Not konnten sie gerade noch das Vieh eintreiben, dieses und jenes vom Hof hereinholen und Holz ins Haus tragen. Aber dann steckten sie nicht mehr die Nase aus dem Haus. Wozu auch, bei solch vorzeitigem und furchtbarem Schneesturm?
»Wo soll das hinführen?« fragte Großvater Momun fassungslos und besorgt, während er den Ofen heizte. Er lauschte fortwährend auf das Heulen des Windes und ging immer wieder zum Fenster.
Vor dem Fenster wurden die Schneewolken zusehends dichter.
»Setz dich doch endlich hin!« brummte die Großmutter. »Ist das vielleicht das erste Mal? ›Wo soll das hinführen?‹« äffte sie ihn nach. »Dahin, daß der Winter angefangen hat.«
»Ja, aber so plötzlich, an einem einzigen Tag...«
»Warum denn nicht? Soll er dich vielleicht erst fragen? Der Winter muß kommen und ist gekommen.«
Im Schornstein heulte es. Der Junge hatte zuerst Angst und fror, während er dem Großvater in der Wirtschaft half, aber bald brannte das Holz an, das Haus wurde warm und roch nach brennendem Harz und Kiefernrauch. Der Junge beruhigte sich und fror nicht mehr.
Dann aßen sie Abendbrot und gingen schlafen. Im Hof stöberte und wirbelte der Schnee und wütete der Wind.
Im Wald ist es bestimmt ganz furchtbar, dachte der Junge

und horchte auf die Laute vor dem Fenster. Ihm wurde ganz anders, als er plötzlich undeutliche Stimmen und Ausrufe vernahm. Jemand rief, ein anderer antwortete. Anfangs dachte der Junge, er bilde sich das ein. Wer konnte zu solcher Zeit in die Försterei kommen? Aber auch Großvater Momun und die Großmutter horchten.

»Leute«, sagte die Großmutter.

»Ja«, entgegnete der Alte unsicher.

Und dann dachte er besorgt: Woher kamen die zu solcher Zeit? und zog sich hastig an. Auch die Großmutter stand eilig auf und zündete die Lampe an. Der erschrockene Junge zog sich ebenfalls schnell an. Unterdessen waren die Leute an das Haus herangekommen. Stimmen und Schritte wurden laut. Die Sohlen der Ankömmlinge polterten im hereingewehten Schnee knirschend durch die Veranda, dann wurde gegen die Tür getrommelt.

»Aksakal, machen Sie auf! Wir erfrieren!«

»Wer seid ihr?«

»Gute Freunde.«

Momun öffnete die Tür, und zusammen mit einer Wolke von Kälte, Wind und Schnee drängten die jungen Fahrer, die am Tag zum Artscha-Tal nach Heu gefahren waren, verschneit ins Haus herein. Der Junge erkannte sie sogleich. Auch Kulubek in der Matrosenjacke, der ihm das Soldatenabzeichen geschenkt hatte, war dabei. Einen führten und stützten sie, er stöhnte und zog ein Bein nach. Sofort ging im Haus alles drunter und drüber.

»Astapralla! Was ist mit euch?« jammerten Momun und die Großmutter wie aus einem Munde.

»Erzählen wir nachher! Es kommen noch mehr von uns, sieben Mann. Hoffentlich haben sie sich nicht verirrt. Na, setz dich hierher. Er hat sich das Bein verrenkt«, sagte Kulubek schnell und nötigte den stöhnenden Burschen, sich auf den Tritt am Ofen zu setzen.

»Wo sind denn die anderen von euch?« fragte Momun hastig. »Ich geh gleich, sie herführen. Und du lauf zu Sejdachmat«, befahl er dem Jungen. »Sag ihm, er soll schnell mit der Taschenlampe kommen.«
Der Junge stürzte aus dem Haus und schnappte nach Luft. Bis zum Ende seines Lebens würde er sich an diesen schrecklichen Moment erinnern. Ein zottiges, kaltes, pfeifendes Ungeheuer packte ihn an der Gurgel und zerrte an ihm. Aber er wankte nicht. Er riß sich aus den ihn umklammernden Klauen los und lief, den Kopf mit den Händen schützend, zu Sejdachmats Haus. Das waren höchstens dreißig Schritte, doch ihn dünkte, als liefe er ewig durch einen Sturm wie ein Recke, der seinen Kriegern zu Hilfe kommt. Kühnheit und Entschlossenheit erfüllten sein Herz. Er fühlte sich mächtig und unbesiegbar, und bis er Sejdachmats Haus erreichte, vollbrachte er Heldentaten, die einem den Atem verschlugen. Er sprang über Abgründe von Berg zu Berg, schlug mit dem Schwert auf feindliche Heerscharen ein, rettete Verbrennende aus dem Feuer und Ertrinkende aus dem Fluß, jagte in einem Düsenjäger mit wehender roter Fahne einem zottigen schwarzen Ungeheuer nach, das vor ihm in Schluchten und Felsen flüchtete. Sein Düsenjäger sauste wie ein Geschoß hinter dem Ungeheuer her. Der Junge feuerte mit dem Maschinengewehr darauf und schrie: »Schlagt die Faschisten!« Und die Gehörnte Hirschmutter war bei ihm, sie war stolz auf ihn. Als der Junge schon Sejdachmats Haustür erreicht hatte, sagte sie: »Und jetzt rette meine Söhne, die jungen Fahrer!« – »Ich werde sie retten, Gehörnte Hirschmutter, das schwöre ich dir!« erwiderte der Junge laut und trommelte gegen die Tür.
»Schnell, Onkel Sejdachmat, kommen Sie unsere Leute retten!«
Er sprudelte diese Worte so hastig hervor, daß auch Sejdachmat und Guldshamal vor Schreck zurückfuhren.

»Wen retten? Was ist passiert?«
»Der Opa hat gesagt, Sie möchten mit der Taschenlampe kommen, Fahrer aus dem Sowchos haben sich verirrt.«
»Dummkopf«, schalt Sejdachmat, »warum sagst du das nicht gleich?« und machte sich schnell fertig.
Der Junge war nicht gekränkt. Woher sollte Sejdachmat wissen, welche Heldentaten er unterwegs vollbracht und welchen Eid er geschworen hatte? Der Junge wurde auch nicht sehr verlegen, als er erfuhr, daß Momun und Sejdachmat die sieben Fahrer kurz vor der Försterei getroffen und hergebracht hatten. Es hätte ja auch anders kommen können! Die Gefahr erscheint geringer, wenn sie vorüber ist... Jedenfalls waren auch die übrigen Fahrer gefunden. Sejdachmat nahm sie mit in sein Haus. Selbst Oroskul ließ fünf bei sich übernachten – er mußte auch erst geweckt werden. Alle übrigen drängten sich in Großvater Momuns Haus.
Der Schneesturm in den Bergen ließ nicht nach. Der Junge ging auf die Veranda hinaus und wußte bald nicht mehr, wo rechts und wo links, wo oben und wo unten war. Der Sturm wirbelte und wütete in der Nacht. Der Schnee fiel kniehoch.
Erst als die Sowchosfahrer sich erwärmt und von dem Schreck und der Kälte erholt hatten, erkundigte sich Großvater Momun vorsichtig, was ihnen passiert sei, obwohl auch so klar war, daß das Unwetter sie unterwegs überrascht hatte. Die Burschen erzählten, der Alte und die Großmutter seufzten. »Herrjeh, herrjeh«, staunten sie und dankten, die Hände an die Brust drückend, Gott.
»Und so leicht angezogen, Jungs«, sagte die Großmutter vorwurfsvoll, während sie ihnen heißen Tee einschenkte. »Man kann doch nicht mit solchen Sachen in die Berge fahren. Kinder seid ihr, richtige Kinder. Immer bloß angeben wollt ihr, es den Städtern gleichtun. Und wenn ihr euch, Gott behüte, bis zum Morgen verirrt hättet? Ihr wärt zu Eisklumpen gefroren.«

»Wer konnte denn wissen, daß es so kommen würde?« entgegnete ihr Kulubek. »Wozu sollten wir uns warm anziehen? Wenn nötig, können wir unsere Autos innen heizen. Man sitzt wie zu Hause und dreht den Lenker. Wenn ein Flugzeug so hoch fliegt, daß die hiesigen Berge von oben wie kleine Hügelchen aussehen, dann sind dort vierzig Grad Kälte, aber die Leute im Flugzeug sitzen in Hemdsärmeln...«
Der Junge lag auf einem Schaffell zwischen den Fahrern. Er hatte einen Platz neben Kulubek gefunden und spitzte die Ohren, damit ihm kein Wort der Großen entginge. Niemand ahnte, daß er sich sogar freute über den plötzlichen Schneesturm, der die Burschen zwang, bei ihnen in der Försterei Zuflucht zu suchen. Im stillen wünschte er sehr, daß der Schneesturm viele Tage lang andauerte, wenigstens drei Tage. Mochten sie hier wohnen. Mit ihnen war es so schön. Und interessant. Wie sich herausstellte, kannte der Großvater sie alle. Wenn nicht sie selbst, so doch ihre Väter und Mütter.
»Na also«, sagte der Großvater sogar ein wenig stolz zu seinem Enkel, »jetzt hast du auch deine Brüder kennengelernt, die Bugus. Jetzt weißt du, was für Brüder du hast. Die sind in Ordnung! Ach, und hochgewachsen sind die heutigen Dshigiten! Gott gebe euch Gesundheit. Ich erinnere mich, wie wir zweiundvierzig nach Magnitogorsk gebracht wurden...«
Und der Großvater erzählte die dem Jungen wohlbekannte Geschichte, wie man ihn mit all den anderen Angehörigen der Arbeitsarmee, die aus den verschiedensten Gegenden des Landes dorthin gebracht worden waren, in einer langen Reihe der Größe nach antreten ließ und es sich herausstellte, daß fast alle Kirgisen zu den Kleinsten zählten. In der Rauchpause nach dem Appell trat ein rothaariger und baumstarker Lulatsch zu ihnen heran und fragte laut: »Wo kommen die denn her? Mandschuren?«

Unter ihnen war ein alter Lehrer. Der erwiderte: »Wir sind Kirgisen. Als wir nicht weit von hier gegen die Mandschuren kämpften, war an Magnitogorsk noch nicht zu denken. Wir waren genauso groß wie du. Wenn der Krieg zu Ende ist, wachsen wir noch...«
Diese alte Geschichte war dem Großvater eingefallen... Zufrieden in sich hineinlachend, betrachtete er noch einmal seine nächtlichen Gäste.
»Der Lehrer hat recht behalten. Wenn ich in der Stadt bin oder unterwegs, sehe ich immer wieder, daß das Volk schön und groß ist. Nicht so wie früher...«
Die Burschen lächelten verständnisvoll: Der Alte spaßte gern.
»Groß sind wir«, meinte einer von ihnen. »Trotzdem haben wir den einen Wagen in die Böschung hinuntergestürzt. Soviel wir auch waren, die Kräfte reichten nicht aus...«
»Wie sollten sie auch. Ein mit Heu beladener Lastwagen und bei einem solchen Schneesturm«, rechtfertigte sie Großvater Momun. »Das kann schon passieren. Wenn Gott will, kommt morgen alles in Ordnung. Hauptsache, der Wind legt sich.«
Die Burschen erzählten dem Großvater, wie sie zum oberen Heuschlag des Artscha-Tals gefahren waren. Dort standen drei große Schober Gebirgsheu. Sie luden von allen drei Schobern zugleich auf, beluden die Wagen haushoch, so daß sie von oben an Seilen herunterklettern mußten. So wurde ein Auto nach dem anderen beladen. Die Fahrerhäuser verschwanden unter dem Heu, nur Windschutzscheiben, Motorhauben und Räder waren noch zu sehen. Da sie nun schon einmal hier waren, wollten sie gleich alles abtransportieren, um nicht nochmals fahren zu müssen. Sie wußten, das Heu, das sie jetzt nicht fortschafften, würde bis zum nächsten Jahr liegenbleiben. Sie arbeiteten schnell. Wenn ein Auto vollbeladen war, fuhr der Fahrer es beiseite und half das nächste

beladen. Sie verluden fast alles Heu, nur zwei Fuhren blieben übrig, mehr nicht. Dann machten sie eine Rauchpause, besprachen die Reihenfolge der Kolonne und fuhren gemeinsam los. Vorsichtig, fast tastend rollten sie die Berge hinab. Heu ist eine leichte Last, aber sie ist unbequem und sogar gefährlich, besonders an schmalen Stellen und in scharfen Kurven. Sie ahnten nicht, was sie erwartete.

Von der Artscha-Hochebene lenkten sie die Wagen bergab, schlängelten sich durch eine Schlucht, und am Ausgang der Schlucht, es war schon gegen Abend, überraschte sie der Orkan, und das Schneetreiben setzte ein.

»Es fing so an, daß einem gleich der Schweiß ausbrach«, erzählte Kulubek. »Schlagartig war es finster, und ein Wind brach los, daß einem das Lenkrad aus der Hand gerissen wurde. Jeden Moment konnte das Auto umkippen. Und dann dieser Weg, der ist schon am Tage gefährlich...«

Der Junge hörte mit angehaltenem Atem zu, saß ganz still und ließ die glänzenden Augen nicht von Kulubek. Wind und Schnee, von denen die Rede war, tobten noch immer vor dem Fenster. Die Fahrer und Auflader schliefen schon angezogen und mit Stiefeln in einer Reihe auf dem Fußboden. Und alles, was sie erlebt hatten, erlebte jetzt noch einmal der Junge mit dem großen Kopf, dem dünnen Hals und den abstehenden Ohren.

Nach wenigen Minuten ist der Weg nicht mehr zu sehen. Ein Auto hält sich an das andere wie ein Blinder an den Blindenführer, und sie geben sich fortwährend Signale, um nicht vom Weg abzukommen. Der Schnee fällt dicht wie eine Wand und verklebt die Scheinwerfer, die Scheibenwischer schaffen es nicht mehr, die Scheiben freizuhalten. Man muß aus dem Fahrerhaus gelehnt fahren, aber ist das vielleicht ein Fahren? Und es schneit ununterbrochen. Die Räder beginnen zu rutschen. Vor einer steilen Steigung kommt die Kolonne zum Stehen. Die Motoren heulen wütend, doch vergeblich... Die Fahrer springen aus den Fahrerhäusern, rufen einander zu, arbeiten sich sprungweise von einem Wagen zum anderen vor und versammeln sich an der Spitze der Kolonne. Was nun? Ein Lagerfeuer kann nicht angebrannt werden. In den Fahrerhäusern zu sitzen würde bedeuten, den Rest des Benzins zu verbrauchen, das ohnehin knapp bis zum Sowchos reicht. Wenn man aber die Fahrerhäuser nicht heizt, erfriert man glattweg. Die Jungs verlieren den Kopf. Die allmächtige Technik steht ohnmächtig da. Was tun? Einer schlägt vor, von einem Wagen Heu abzuladen und sich hineinzuwühlen. Aber es ist klar, daß von dem Heu nicht ein Fetzen übrigbleibt, wenn sie die Ladung aufbinden: Ehe man sich's versieht, pustet der Wind alles weg. Die Autos schneien indessen immer mehr ein, unter den Rädern häufen sich schon Schneewehen. Die Jungs sind ratlos, sie erstarren im Wind vor Kälte.

»Und plötzlich fiel mir ein, Aksakal«, erzählte Kulubek dem Großvater, »daß ich auf dem Hinweg ins Artscha-Tal ihn getroffen hatte, den jüngsten Bugu-Bruder«, er wies auf den Jungen und strich ihm zärtlich über den Kopf. »Er lief mir am Wegrand entgegen, und ich hielt an. Wir haben uns begrüßt und uns unterhalten. Stimmt's? Warum schläfst du noch nicht?«

Der Junge nickte lächelnd. Niemand wußte, wie laut ihm das Herz pochte vor Freude und Stolz. Kulubek sprach über ihn. Der stärkste, kühnste und schönste von diesen Burschen. So einer möchte er werden!

Auch der Großvater lobte ihn, indes er Holz nachlegte.

»Er ist nun einmal so. Hört gern zu. Siehst ja, wie er die Ohren spitzt!«

»Wie ich mich in diesem Augenblick an ihn erinnert habe, weiß ich nicht«, fuhr Kulubek fort. »Los, sag ich zu den Jungs und schreie fast, denn der Wind erstickt die Worte. Los, sag ich, schlagen wir uns zur Försterei durch. Sonst gehen wir hier zugrunde. Aber wie, schreien mir die Jungs ins Gesicht, wie kommen wir dorthin? Zu Fuß schaffen wir's nicht. Und die Autos können wir auch nicht im Stich lassen. Ich sag zu ihnen: Schieben wir die Autos den Berg hinauf, dort geht der Weg dann abwärts. Wir brauchen bloß bis zur San-Tasch-Schlucht, sag ich, von dort gelangen wir zu Fuß zu unseren Förstern, von dort ist es nicht mehr weit. Das sahen die Jungs ein. Los, sagen sie, übernimm das Kommando. Na gut, einverstanden ... Mit dem vordersten Auto fingen wir an: Osmonaly, steig ein! Wir stemmten uns alle Mann mit der Schulter gegen den Wagen. Es ging. Anfangs lief die Sache ganz gut, doch dann ließen unsere Kräfte nach. Zurück durften wir nicht. Uns war, als schöben wir nicht ein Auto nach oben, sondern einen ganzen Berg. So eine Fuhre ist ein Schober auf Rädern! Ich weiß nur, wie ich aus vollem Halse brülle: ›Feste! Immer feste! Vorwärts!‹, doch ich höre mich selbst nicht. Wind, Schnee, nichts zu sehen. Das Auto heult und jault, als wär's lebendig. Mit letzter Kraft arbeiten wir uns hinauf. Und dann sind wir oben. Das Herz scheint zu zerspringen, zu zerbersten. Der Kopf schwindelt ...«

»Oje, oje«, sagte Großvater Momun mitfühlend. »Daß euch das passieren mußte! Die Gehörnte Hirschmutter hat euch gewiß beschützt. Sonst, wer weiß ... Hörst du? Draußen hat es sich nicht beruhigt, der Wind wirbelt und stöbert immer noch.«

Dem Jungen fielen die Augen zu. Er zwang sich, nicht zu schlafen, aber die Lider sanken abermals herab. Im Halbschlaf, in dem er ab und zu etwas von Großvaters Gespräch mit Kulubek mitbekam, brachte er die Wirklichkeit mit Phantasiebildern durcheinander. Er wähnte sich unter den jungen Burschen, die der Schneesturm in den Bergen überrascht hat. Vor seinen Augen liegt ein steiler Weg, der zu einem weißen, verschneiten Berg ansteigt. Die Augen schmerzen. Der Schneesturm brennt auf den Wangen. Sie

schieben das riesige haushohe Auto mit Heu den Berg hinauf. Langsam, sehr langsam kommen sie vorwärts. Der Lastwagen fährt nicht mehr, er bleibt stehen und rutscht zurück. Es ist so schrecklich, so dunkel. Schneidender Wind weht. Der Junge erschauert vor Angst und fürchtet, daß das Auto sich losreißt und sie überrollt. Aber plötzlich ist die Gehörnte Hirschmutter da. Sie stemmt sich mit dem Geweih gegen den Wagen und hilft mit, ihn nach oben zu schieben. »Feste, immer feste! Vorwärts!« schreit der Junge. Und das Auto bewegt sich weiter. Sie schieben es auf den Berg, von wo es allein hinunterfährt. Dann schieben sie das zweite Auto nach oben und darauf das dritte und noch viele weitere. Und jedesmal hilft ihnen die Gehörnte Hirschmutter. Niemand sieht sie. Niemand weiß, daß sie bei ihnen ist. Nur der Junge sieht sie und weiß es. Er sieht, wie die Gehörnte Hirschmutter jedesmal, wenn es ihnen über die Kraft geht und sie Angst haben, es nicht zu schaffen, herbeieilt und ihnen mit dem Geweih hilft, den Wagen hinaufzubefördern. »Feste, immer feste, vorwärts!« stimmt der Junge ein. Und die ganze Zeit ist er neben Kulubek. Dann sagt Kulubek zu ihm: »Setz dich ans Steuer.« Der Junge steigt ins Fahrerhaus. Der Wagen bebt und dröhnt. Das Lenkrad dreht sich von selbst in den Händen, ganz leicht, wie der Faßreifen, mit dem er schon als Knirps Auto gespielt hat. Der Junge schämt sich, daß er nur so ein Spielzeuglenkrad hat. Plötzlich legt sich das Auto auf die Seite und kippt, stürzt mit Getöse um und zerschellt. Der Junge brach in lautes Weinen aus. Es war ihm sehr peinlich. Peinlich war es, Kulubek in die Augen zu sehen.
»Was ist mit dir? Was hast du, he?« weckte ihn Kulubek. Der Junge öffnete die Augen. Und freute sich, daß alles nur ein Traum war. Kulubek nahm ihn auf den Arm und drückte ihn an sich. »Hast du geträumt? Hast dich geängstigt? Ach, du bist mir vielleicht ein Held!« Er küßte den Jungen mit

harten, aufgesprungenen Lippen. »Na los, ich leg dich hin, du mußt schlafen.«
Er legte den Jungen auf die Filzmatte zwischen die schlafenden Fahrer, legte sich selbst neben ihn, rückte ihn näher zu sich heran und deckte sich mit der Matrosenjacke zu.
Früh am Morgen weckte der Großvater den Jungen.
»Wach auf«, sagte er leise. »Zieh dich warm an. Du wirst mir helfen. Steh auf.«
Vor dem Fenster schimmerte die Morgendämmerung. Im Haus schliefen noch alle, in einer Reihe ausgestreckt.
»Na, zieh dir die Filzstiefel an«, sagte Großvater Momun. Er roch nach frischem Heu, also hatte er bereits die Pferde gefüttert. Der Junge schlüpfte in die Filzstiefel, und sie gingen auf den Hof hinaus. Eine Unmenge Schnee war zusammengeweht. Der Sturm hatte sich jedoch gelegt. Nur ein leichter Schneewind kroch über den Boden.
»Kalt!« rief der Junge erschauernd.
»Macht nichts. Es scheint aufzuklaren«, murmelte der Alte. »War das nötig! Gleich beim ersten Schnee ein solcher Wirbel. Na schön, wenn es bloß kein Unglück gibt...«
Sie gingen in den Stall, wo Momuns fünf Schafe standen. Der Alte tastete an einem Pfosten nach der Laterne und zündete sie an. Die Schafe in der Ecke schauten sich um und blökten.
»Halte, du mußt mir leuchten«, sagte der Alte zu dem Jungen und gab ihm die Laterne. »Wir werden ein schwarzes Lamm schlachten. Das Haus ist voller Gäste. Damit das Fleisch fertig ist, wenn sie aufstehen.«
Der Junge leuchtete dem Großvater mit der Laterne. Der Wind pfiff in den Ritzen, und es war noch kalt und dämmrig draußen. Der Alte streute zuerst am Eingang einen Armvoll Heu hin. Dann führte er das schwarze Lamm an diese Stelle, doch bevor er es niederwarf und fesselte, hockte er sich nachdenklich hin.
»Stell die Laterne ab. Setz dich auch«, hieß er den Jungen.

Und er flüsterte, die geöffneten Hände vor sich haltend: »Oh, du unsere große Urmutter, Gehörnte Hirschmutter. Ich bringe dir ein schwarzes Lamm zum Opfer. Für die Rettung unserer Kinder in der Stunde der Gefahr. Für deine weiße Milch, mit der du unsere Vorfahren aufgezogen hast, für dein gutes Herz, für dein mütterliches Auge. Verlaß uns nicht auf Gebirgspässen, stürmischen Flüssen, glitschigen Pfaden. Laß uns nie im Stich auf unserer Erde, wir sind doch deine Kinder. Amen!«

Er strich wie im Gebet mit den Händen übers Gesicht, von der Stirn hinab zum Kinn. Der Junge tat das gleiche. Dann warf der Großvater das Lamm nieder, fesselte ihm die Beine und zog sein altes asiatisches Messer aus der Scheide.

Der Junge leuchtete ihm mit der Laterne.

Das Wetter war endlich zur Ruhe gekommen. Ein paarmal schaute die Sonne schüchtern durch Lücken in den dahineilenden Wolken. Überall waren die Spuren der vergangenen Sturmnacht zu sehen: Schneewehen kreuz und quer, zerdrückte Sträucher, von der Schneelast krummgebogene Bäumchen, umgestürzte alte Bäume. Der Wald hinter dem Fluß stand still und schweigend, wie traurig. Der Fluß schien eingesunken, seine Ufer waren durch den Schnee höher und steiler geworden. Sein Wasser rauschte leiser.

Die Sonne blieb unbeständig – mal kam sie hervor, mal verbarg sie sich wieder.

Aber nichts verdüsterte und beunruhigte das Herz des Jungen. Die Aufregungen der vergangenen Nacht und der Sturm waren vergessen, und der Schnee störte ihn nicht – so war es noch interessanter. Er rannte hin und her, und der Schnee wirbelte unter seinen Füßen auf. Er freute sich, daß das Haus voller Menschen war, daß die Burschen sich ausgeschlafen hatten, laut sprachen und lachten und mit Appetit das für sie gekochte Hammelfleisch aßen.

Unterdessen brach die Sonne durch, schien reiner und länger. Die Wolken zerstreuten sich ein wenig. Es wurde sogar etwas warm. Der vorzeitige Schnee sank ein, besonders auf dem Weg und den Pfaden.

Der Junge wurde richtig aufgeregt, als die Fahrer und Beifahrer zum Aufbruch rüsteten. Sie kamen auf den Hof, verabschiedeten sich von den Gastgebern und dankten für Obdach und Brot. Großvater Momun und Sejdachmat wollten sie zu Pferde begleiten. Der Großvater nahm ein Bund Holz mit und Sejdachmat einen verzinkten Wassertank, um Wasser für die eingefrorenen Motoren warm zu machen.

Alle verließen den Hof.

»Ata, nimm mich mit«, bat der Junge den Großvater.

»Du siehst doch, daß ich Holz hab und Sejdachmat den Wassertank. Es geht nicht. Und was willst du auch dort? Du wirst bloß müde vom Laufen durch den Schnee.«

Der Junge war gekränkt. Er schmollte. Da nahm ihn Kulubek mit.

»Komm mit uns«, sagte er und nahm ihn bei der Hand. »Zurück reitest du mit dem Großvater.«

Sie gingen zur Gabelung – dorthin, wo der Weg von dem Artscha-Heuschlag herunterkam. Hier lag massenhaft Schnee. Es war nicht leicht, mit den kräftigen Burschen Schritt zu halten. Der Junge wurde müde.

»Na komm, ich trag dich huckepack«, sagte Kulubek. Geschickt nahm er den Jungen bei den Armen und hob ihn sich auf die Schultern. Er trug ihn mit einer Selbstverständlichkeit, als tue er das jeden Tag.

»Fein hast du das raus, Kulubek«, sagte der Fahrer, der neben ihm ging.

»Ich habe mein Leben lang meine Geschwister getragen«, prahlte Kulubek. »Ich bin nämlich der Älteste, wir waren zu Haus sechs, Mutter und Vater arbeiteten auf dem Feld. Jetzt haben meine Schwestern schon selber Kinder. Wie ich als

Lediger aus der Armee zurückkam und noch keine Arbeit angenommen hatte, schrieb mir meine Schwester – was die Älteste ist –, komm zu uns, leb bei uns, du kannst so schön Kinder hüten. Nein, sag ich zu ihr, mir reicht's, ich will jetzt meine eigenen hüten...«

So gingen sie und unterhielten sich über mancherlei. Schön und bequem war es für den Jungen, auf Kulubeks kräftigen Schultern zu reiten.

So einen Bruder müßte ich haben, träumte er. Ich würde niemanden fürchten. Dann sollte Oroskul mal versuchen, den Großvater anzuschreien oder jemanden anzurühren, er würde sofort verstummen, wenn Kulubek ihn nur streng ansähe.

Die Autos mit dem Heu, die in der vorangegangenen Nacht stehengeblieben waren, standen etwa zwei Kilometer oberhalb der Gabelung. Schneeverweht, glichen sie winterlichen Schobern auf dem Felde und schienen durch nichts von der Stelle zu bewegen.

Aber da wurde ein Feuer angezündet und Wasser warm gemacht.

Sie warfen den Motor des ersten Wagens mit der Anlaßkurbel an, und er wurde wieder lebendig, spuckte und arbeitete. Dann ging es noch schneller. Die anderen Wagen wurden angeschleppt. Jedesmal, wenn ein Wagen angesprungen und warmgelaufen war, schleppte er den nächsten an.

Als alle Motoren liefen, wurde mit einem doppelten Schleppseil der Wagen aufgerichtet, der letzte Nacht in den Graben gestürzt war. Alle Mann halfen, ihn auf den Weg zu schieben. Auch der Junge fand ein Plätzchen und half mit. Er befürchtete die ganze Zeit, jemand würde sagen: Was krauchst du uns zwischen den Beinen rum? Weg da! Aber keiner sprach diese Worte aus, keiner jagte ihn weg. Vielleicht weil Kulubek es ihm erlaubt hatte. Und Kulubek war hier der Stärkste, ihn respektierten alle.

Die Fahrer verabschiedeten sich noch einmal. Die Lastwagen setzten sich in Bewegung. Anfangs langsam, dann immer schneller. In langer Karawane rollten sie über den Weg zwischen den verschneiten Bergen. Die Söhne der Söhne der Gehörnten Hirschmutter fuhren davon. Sie wußten nicht, daß nach dem Willen der kindlichen Phantasie unsichtbar die Gehörnte Hirschmutter vor ihnen her lief. Mit ungestümen Sprüngen jagte sie der Autokolonne voran. Sie beschützte sie vor Not und Unheil auf dem schwierigen Weg. Vor Bergstürzen, Schneelawinen, Schneestürmen, vor Nebel und all den anderen Unbilden, die den Kirgisen in den vielen Jahrhunderten ihres Nomadenlebens so viel Leid zugefügt hatten. Hatte nicht auch Großvater Momun die Gehörnte Hirschmutter darum gebeten, als er ihr im Morgengrauen das schwarze Lamm zum Opfer brachte?
Sie waren davongefahren. Der Junge hatte sie begleitet. In Gedanken. Er hatte im Fahrerhaus neben Kulubek gesessen. »Onkel Kulubek«, hatte er zu ihm gesagt, »vor uns auf dem Weg läuft die Gehörnte Hirschmutter.« – »Wirklich?«
»Wirklich. Ehrenwort. Da ist sie!«
»Na, was zögerst du? Was stehst du noch?« hatte ihn Großvater Momun aus seinen Träumen gerissen. »Steig auf, wir müssen nach Hause.« Er hatte sich aus dem Sattel gebeugt und den Jungen aufs Pferd gehoben. »Ist dir kalt?« hatte er gefragt und den Enkel in seinen warmen Pelzmantel gehüllt.

Der Junge war damals noch nicht in die Schule gegangen. Jetzt, wenn er von Zeit zu Zeit aus schwerem Schlaf erwachte, dachte er besorgt: Wie kann ich morgen zur Schule gehen? Ich bin doch krank, mir ist so schlecht... Dann schlummerte er wieder ein. Im Traum schrieb er Wörter, die die Lehrerin an die Tafel gemalt hatte, in sein Heft ab: »At. Ata. Taka.« Mit den Krakeln des Abc-Schützen schrieb er das ganze Heft voll, Seite für Seite: »At. Ata. Taka. At. Ata.

Taka.« Er wurde müde, es flimmerte ihm vor den Augen, ihm wurde heiß, sehr heiß, er deckte sich auf. Nun fror ihn, und wieder hatte er mancherlei Träume. Da schwamm er als Fisch durch den eiskalten Fluß zu dem weißen Dampfer und konnte ihn nicht erreichen. Da geriet er in einen Schneesturm. In dem neblig-kalten Gewirbel rutschten die Räder heubeladener Autos auf einem steilen Weg ab. Sie drehten sich rasend schnell und wurden feuerrot. Sie brannten, Flammen schlugen heraus. Die Gehörnte Hirschmutter stemmte sich mit dem Geweih gegen die hintere Klappe und schob so das Auto samt Heuladung den Berg hinauf. Der Junge half ihr und bot seine ganze Kraft auf. Er triefte von heißem Schweiß. Plötzlich verwandelte sich die Heufuhre in eine Kinderwiege. Die Gehörnte Hirschmutter sagte zu dem Jungen: »Wir wollen uns beeilen, Tante Bekej und Oroskul den Beschik zu bringen.« Sie liefen los. Der Junge blieb hinter ihr zurück. Aber vorn, in der Dunkelheit, läutete das Wiegenglöckchen. Der Junge folgte seinem Ruf.

Er erwachte, als auf der Veranda Schritte laut wurden und die Tür knarrte. Großvater Momun und die Großmutter kehrten anscheinend etwas beruhigt zurück. Die Ankunft Fremder in der Försterei hatte offenbar Oroskul und Tante Bekej gezwungen, sich zu mäßigen. Aber vielleicht war Oroskul des Trinkens überdrüssig geworden und eingeschlafen. Auf dem Hof war kein Geschrei und Geschimpfe mehr zu hören.

Um Mitternacht ging der Mond über den Bergen auf. Als verschwommene Scheibe hing er über dem höchsten Eisgipfel. Der Berg, in ewiges Eis gepanzert, erhob sich aus der Dunkelheit, seine unebenen Konturen glitzerten geisterhaft. Ringsum verharrten die kleineren Berge, die Felsen, die unbewegten schwarzen Wälder in tiefem Schweigen, und ganz unten toste und rauschte der Fluß über die Steine.

Durchs Fenster fiel ein schräger Strahl Mondlicht herein.

Dieses Licht störte den Jungen. Er wälzte sich von einer Seite auf die andere und kniff die Augen zu. Er wollte die Großmutter bitten, das Fenster zu verhängen. Aber er ließ es lieber: Die Großmutter war wütend auf den Großvater. »Dummkopf«, flüsterte sie, als sie sich schlafen legte. »Wenn du mit den Leuten nicht umzugehen verstehst, dann schweig wenigstens. Und gehorche. Du bist doch in seiner Hand. Deinen Lohn bekommst du durch ihn, wenn er auch winzig ist. Dafür aber jeden Monat. Was wärst du ohne den Lohn? Du bist alt geworden, aber nicht klüger...«
Der Alte antwortete nicht. Die Großmutter verstummte. Dann sagte sie plötzlich, unerwartet laut: »Wenn einem Menschen der Lohn genommen wird, ist er kein Mensch mehr. Dann ist er ein Nichts.«
Wieder gab der Alte keine Antwort.
Der Junge konnte nicht mehr einschlafen. Der Kopf schmerzte, seine Gedanken verwirrten sich. Wenn er an die Schule dachte, erfaßte ihn Unruhe. Er hatte noch keinen Tag gefehlt und fand es undenkbar, am nächsten Morgen nicht in die Schule nach Dshelessai zu reiten. Er dachte auch daran, daß die Großmutter dem Großvater das Leben vergällen würde, wenn Oroskul Momun von der Arbeit jagte. Was sollten sie dann tun?
Warum leben Menschen so? Warum sind die einen böse und die anderen gut? Warum gibt es Glückliche und Unglückliche? Warum gibt es solche, vor denen alle Angst haben, und solche, vor denen niemand Angst hat? Warum haben die einen Kinder und die anderen nicht? Warum kann der eine dem anderen den Lohn vorenthalten? Wahrscheinlich sind diejenigen Menschen die besten, die am meisten Lohn erhalten. Aber der Großvater bekommt wenig, und ihn kränken alle. Ach, wie könnte man es einrichten, daß der Großvater auch mehr Lohn erhält? Vielleicht würde Oroskul ihn dann achten.

Von solcherlei Gedanken schmerzte dem Jungen der Kopf immer mehr. Wieder erinnerte er sich an die Marale, die er gegen Abend an der Furt jenseits des Flusses gesehen hatte. Wie mag es ihnen wohl nachts ergehen? Sie sind doch allein in den kalten und steinernen Bergen, in dem stockfinsteren schwarzen Wald. Da müssen sie sich doch sehr ängstigen. Wenn plötzlich Wölfe sie anfallen, was dann? Wer soll dann Tante Bekej die Zauberwiege auf dem Geweih bringen?
Er fiel in einen unruhigen Schlaf, und noch im Einschlafen flehte er die Gehörnte Hirschmutter an, einen Beschik aus Birkenholz für Oroskul und Tante Bekej zu bringen. »Laß sie Kinder haben, laß sie Kinder haben«, beschwor er die Gehörnte Hirschmutter. Und er hörte das ferne Läuten des Wiegenglöckchens. Die Gehörnte Hirschmutter kam herbeigeeilt, die Zauberwiege auf dem Geweih...

VII

Früh am Morgen erwachte der Junge von einer Berührung. Großvaters Hand war kalt von draußen. Der Junge erschauerte.
»Bleib liegen, bleib liegen.« Der Großvater hauchte seine Hände warm und befühlte Stirn, Brust und Bauch des Jungen. »Du bist ja krank«, sagte er betrübt. »Du hast Fieber. Ich dachte schon, warum liegt er noch? Es ist doch Zeit, in die Schule zu reiten.«
»Ich steh gleich auf«, erwiderte der Junge und hob den Kopf ein wenig, aber alles drehte sich vor seinen Augen, und in seinen Ohren brauste es.
»Kommt nicht in Frage.« Der Großvater drückte den Jungen aufs Kissen. »Wer wird denn einen Kranken in die Schule bringen? Zeig mal deine Zunge.«
Der Junge versuchte, seinen Willen durchzusetzen.

»Die Lehrerin wird schimpfen. Sie mag es nicht, wenn einer fehlt.«
»Sie wird nicht schimpfen. Ich werde ihr Bescheid sagen. Na, nun zeig mal deine Zunge.«
Aufmerksam untersuchte der Großvater Zunge und Hals des Jungen. Nach langem Suchen ertasteten seine von der groben Arbeit schwieligen, harten Finger wie durch ein Wunder am heißen, verschwitzten Handgelenk des Jungen den Puls, die Herzstöße. Dann sagte er beruhigend: »Gott ist genädig. Du bist nur ein bißchen erkältet. Das kalte Wetter war nicht gut für dich. Du mußt heute liegen bleiben, und vor dem Schlafen reib ich dir die Füße und die Brust mit heißem Schwanzfett ein. Dann wirst du ordentlich schwitzen, und wenn Gott will, kannst du morgen wieder herumspringen wie ein wilder Esel.«
Momun dachte an die gestrigen Vorfälle und an das, was ihn noch erwartete, und seine Miene verfinsterte sich. Am Bett des Enkels sitzend, seufzte er und wurde nachdenklich. »Ach, soll er doch«, flüsterte er seufzend.
»Seit wann bist du denn krank? Warum hast du nichts gesagt?« wandte er sich an den Jungen. »Seit gestern abend, ja?«
»Seit dem Abend. Seit ich die Marale am Fluß sah. Da bin ich zu dir gelaufen. Und dann wurde mir kalt.«
»Na schön... Bleib liegen, ich geh jetzt.«
Er stand auf, aber der Junge hielt ihn zurück.
»Ata, das war doch die Gehörnte Hirschmutter, nicht? Die so weiß ist wie Milch und solche Augen hat, mit denen sie schaut wie ein Mensch...«
»Dummchen«, der alte Momun lächelte behutsam. »Na, mag sie es nach deinem Willen sein. Vielleicht ist sie es wirklich.« Er dämpfte die Stimme. »Vielleicht ist es die wundersame Hirschmutter, wer weiß? Ich denke mir...«
Der Alte konnte nicht zu Ende sprechen. In der Tür war die

Großmutter erschienen. Sie kam vom Hof, hatte etwas ausgekundschaftet.
»Geh hin, Alter«, sagte sie von der Schwelle her. Großvater Momun sank in sich zusammen, sah kläglich und bedrückt aus. »Sie wollen den Baumstamm mit dem Auto aus dem Fluß ziehen«, erklärte die Großmutter. »Geh hin und mach alles, was sie dir sagen ... Ach du mein Gott, die Milch ist noch nicht gekocht.« Die Großmutter machte Feuer im Herd und klapperte mit Geschirr.
Der Alte schaute finster drein. Er wollte etwas einwenden, etwas sagen, doch die Großmutter ließ ihn nicht zu Wort kommen.
»Na, was guckst du noch?« rief sie empört. »Was sträubst du dich? Wir beide können es uns nicht leisten, widerspenstig zu sein. Ein Kreuz ist das mit dir. Wer bist du denn gegen die? Sieh doch mal, was für Leute zu Oroskul kommen. Und was für ein Auto sie haben. Mit dem kannst du zehn solche Baumstämme durch die Berge fahren. Oroskul guckt uns nicht einmal an, wie ich ihm auch zugeredet und mich gedemütigt habe. Deine Tochter hat er nicht über die Schwelle gelassen. Bei Sejdachmat sitzt deine Unfruchtbare. Die Augen hat sie sich ausgeweint. Und sie verflucht dich – ihren hirnlosen Vater ...«
»Nun aber genug!« Dem Alten riß die Geduld, er ging zur Tür und sagte: »Der Junge ist krank. Gib ihm heiße Milch.«
»Ja, ja, ich geb ihm heiße Milch, aber geh jetzt, geh, um Gottes willen.« Sie schob den Alten hinaus und brummte noch: »Was ist bloß in ihn gefahren? Niemals hat er widersprochen, war immer mucksmäuschenstill, und jetzt haben wir plötzlich die Bescherung. Und dann auch noch auf Oroskuls Pferd zu reiten! Und alles deinetwegen.« Sie warf einen bösen Seitenblick auf den Jungen. »Da hat er aber einen gefunden, für den er mit dem Kopf durch die Wand rennen muß ...«

Sie brachte dem Jungen heiße Milch mit gelber zerlassener Butter. Die Milch verbrannte die Lippen, doch die Großmutter ließ nicht ab und nötigte ihn: »Trink, trink sie ganz heiß, hab keine Angst. Eine Erkältung kann man nur mit etwas Heißem austreiben.«
Der Junge verbrannte sich, Tränen traten ihm in die Augen. Da wurde die Großmutter plötzlich gutmütig.
»Na, laß sie ein bißchen abkühlen... Daß du auch ausgerechnet jetzt krank werden mußt!« Sie seufzte.
Der Junge mußte schon lange austreten. Er stand auf und fühlte im ganzen Körper eine seltsame, süße Schwäche. Aber die Großmutter kam ihm zuvor.
»Warte, ich bring dir eine Schüssel.«
Schamhaft abgewandt, harnte der Junge in die Schüssel und wunderte sich, daß der Urin so gelb und warm war.
Jetzt fühlte er sich viel besser. Der Kopf schmerzte weniger. Still lag er im Bett und war der Großmutter dankbar für ihre Gefälligkeit. Er dachte, daß er bis zum nächsten Morgen gesund werden mußte, um in die Schule zu gehen. In der Schule würde er von den drei Maralen erzählen, die im Wald aufgetaucht waren. Er würde erzählen, daß die weiße Maralkuh die Gehörnte Hirschmutter selbst sei, ein schon großes und kräftiges Kalb bei sich habe und ein riesiger graubrauner Maral mit einem gewaltigen Geweih sie begleite, der stark sei und die Gehörnte Hirschmutter und ihr Junges vor den Wölfen beschütze. Und er würde erzählen, daß die Gehörnte Hirschmutter Onkel Oroskul und Tante Bekej bald eine Wunderwiege bringe, wenn die Marale bei ihnen blieben und nicht wieder fortzögen.

Die Marale kletterten am Morgen zum Wasser herab. Sie kamen aus dem oberen Wald, als die kurze Herbstsonne zur Hälfte über die Gebirgskette schaute. Je höher sie stieg, um so heller und wärmer wurde es unten zwischen den Bergen.

Nach der nächtlichen Erstarrung erwachte der Wald und belebte sich in Licht und Farben.
Gemächlich schritten die Marale durch den Wald, wärmten sich auf besonnten Lichtungen und rupften ab und zu betautes Laub von den Zweigen. Sie gingen wieder in derselben Reihenfolge – vornweg der Hirschbulle, in der Mitte das Kalb und zum Schluß das Muttertier, die Gehörnte Hirschmutter. Sie benutzten den Pfad, auf dem tags zuvor Oroskul und Großvater Momun den unglückseligen Kiefernstamm zum Fluß hinabtransportiert hatten. Die Schleifspur in der Gebirgsschwarzerde, eine Furche mit ausgerissenen Grasbüscheln, war noch frisch. Dieser Pfad führte zu der Furt, in der sie den in der Stromschnelle hängengebliebenen Baumstamm zurückgelassen hatten.
Die Marale lenkten ihre Schritte zu dieser Stelle, weil sie zur Tränke gut geeignet war. Oroskul, Sejdachmat und noch zwei Mann, die das Holz abholen wollten, kamen auch hierher, um zu untersuchen, wie man mit dem Auto am besten heranfuhr, um den Stamm mit einem Seil aus dem Fluß zu ziehen. Großvater Momun trottete unsicher und niedergeschlagen hinter den anderen her. Er wußte nicht, was nach dem gestrigen Skandal werden würde, wie er sich verhalten, was er tun sollte. Würde ihn Oroskul zur Arbeit lassen? Würde er ihn nicht wegjagen wie gestern, als er den Stamm mit dem Pferd herausziehen wollte? Wie, wenn er fragte: »Was hast du hier zu suchen? Ich hab dir doch gesagt, du bist von der Arbeit entlassen!« Wie, wenn er ihn vor den Leuten beschimpfte und nach Hause schickte? Zweifel quälten den Alten, er ging wie zu einer Folterung und ging trotzdem. Weiter hinten folgte ihm die Großmutter. Sie ging scheinbar für sich allein, scheinbar aus Neugier. Aber im Grunde genommen eskortierte sie den Alten. Sie trieb den Rührigen Momun zur Versöhnung mit Oroskul, damit der ihm verzieh.

Oroskul schritt gewichtig einher, wie es einem Chef geziemt. Er ging keuchend und schnaufend und warf strenge Blicke nach allen Seiten. Obwohl ihm vom übermäßigen Trinken der Schädel brummte, genoß er das Gefühl befriedigter Rachsucht. Wenn er sich umschaute, sah er Großvater Momun wie einen ergebenen Hund, den sein Herr verprügelt hat, hinterhertrippeln. Du hast bei mir nichts zu melden, ich seh dich gar nicht, du bist für mich Luft, du wirst mir noch ganz von selbst zu Füßen fallen, triumphierte Oroskul schadenfroh. Er erinnerte sich daran, wie in der vergangenen Nacht seine Frau ihm verzweifelt zu Füßen gelegen und geschrien hatte, als er sie schlug und sie mit Fußtritten hinausjagte. Recht so. Jetzt schick ich die hier mit den Stämmen weg, und dann bring ich die beiden zusammen, sollen sie sich nur beißen. Sie kratzt ihrem Vater die Augen aus, ist vertiert wie eine Wölfin, dachte Oroskul in den Pausen des Gesprächs mit dem Gast, der neben ihm ging.

Dieser hieß Koketai. Er war ein robuster schwarzhaariger Mann, ein Kolchosrechnungsführer aus der Seegegend. Mit Oroskul hielt er schon lange Freundschaft. Vor zwölf Jahren hatte er sich ein Haus gebaut. Oroskul hatte mit Holz geholfen, hatte ihm für einen niedrigen Preis Rundholz zu Brettern verkauft. Dann hatte Koketai seinen ältesten Sohn verheiratet und auch dem jungen Paar ein Haus gebaut. Und Oroskul hatte ihn wieder mit Holz versorgt. Jetzt zahlte Koketai dem jüngsten Sohn sein Erbteil aus und brauchte wieder Bauholz. Und wieder half ihm der alte Freund Oroskul aus. Ein Jammer, wie schwer das Leben ist! Man tut etwas und denkt, nun hat man seine Ruhe. Aber dem Leben fällt immer noch etwas ein. Und ohne solche Leute wie Oroskul kommt man heutzutage nicht aus...

»So Gott will, laden wir dich bald zur Wohnungseinweihung ein. Dann kommst du, und wir feiern anständig«, sagte Koketai zu Oroskul.

Dieser schnaufte selbstzufrieden und qualmte eine Papirossa. »Danke schön. Wenn man uns einlädt, werden wir nicht nein sagen, wenn nicht, werden wir uns nicht aufdrängen. Also wenn du mich einlädst, komme ich. Wär ja nicht das erstemal, daß ich dein Gast bin. Ich denke gerade: Wär's nicht besser, du wartest bis zum Abend und fährst im Dunkeln? Hauptsache, du kommst unbemerkt durch den Sowchos. Wenn sie dich anhalten...

»Stimmt schon«, erwiderte Koketai unschlüssig. »Bloß bis zum Abend ist's noch lange hin. Wir schaffen die Stämme ganz unbemerkt weg. Da ist doch kein Posten am Weg, um uns zu kontrollieren? Es wär ja ein Zufall, wenn wir auf Miliz oder sonst wen stießen...«

»Das ist es ja«, brummte Oroskul und verzog das Gesicht vor Kopfschmerzen und Sodbrennen. »Hundert Jahre fährst du dienstlich und triffst keinen Hund auf dem Weg, fährst du aber in hundert Jahren einmal mit Holz, schon fällst du herein. Das ist immer so...«

Sie schwiegen, und jeder dachte an das Seine. Oroskul ärgerte sich jetzt sehr darüber, daß er den Baumstamm am Vortag hatte im Fluß lassen müssen. Denn hätte das Holz bereitgelegen, so hätten sie es schon in der Nacht aufgeladen, und im Morgengrauen wär das Auto weg gewesen. Ach, daß gestern so etwas passieren mußte! An allem ist der alte Tölpel Momun schuld, der plötzlich meutert, sich der Autorität des Vorgesetzten widersetzt und sich nicht mehr unterordnen will. Na, warte! Dafür wirst du noch büßen...

Die Marale tranken Wasser, als die Menschen am anderen Ufer zum Fluß kamen. Seltsame Wesen, diese Menschen – so unruhig und lärmend. Sie waren so mit ihren Angelegenheiten und Gesprächen beschäftigt, daß sie die Tiere auf der anderen Seite des Flusses gar nicht bemerkten.

Zwischen den morgendlichen roten Sträuchern auf dem reinen Flußgeröll einer seichten Stelle standen bis zu den Knö-

cheln im Wasser die Marale. Gemächlich tranken sie, in kleinen Schlucken, mit Unterbrechungen. Das Wasser war eiskalt. Aber die Sonne erwärmte es allmählich an der Oberfläche und machte es angenehmer. Die Tiere stillten ihren Durst und genossen die Sonne. Auf dem Rücken trocknete der unterwegs reichlich von den Zweigen gefallene Tau. Leichter Dampf stieg von den Maralen auf. Ruhig und freundlich war dieser Morgen.
Die Menschen bemerkten die Marale nicht. Einer von ihnen kehrte zum Auto zurück, die anderen blieben am Ufer. Die Ohren leicht bewegend, vernahmen die Marale die hin und wieder zu ihnen dringenden Stimmen, und sie erstarrten mit zuckendem Fell, als am anderen Ufer der Wagen mit dem Anhänger heranfuhr. Das Auto dröhnte und ratterte. Die Marale regten sich und wollten schon fliehen, doch da blieb das Auto stehen und hörte auf, zu dröhnen und zu heulen. Die Tiere zögerten. Dennoch bewegten sie sich vorsichtig von der Stelle – die Menschen am anderen Ufer waren gar zu laut und zu hastig.
Friedlich liefen die Marale durch das niedrige Flußgehölz, ihre Rücken und Geweihe kamen immer wieder zwischen den Sträuchern zum Vorschein. Aber die Menschen bemerkten sie nicht. Erst als die Marale eine offene Lichtung mit trockenem, vom Hochwasser angeschwemmtem Sand überquerten, sahen die Menschen sie auf dem fliederfarbenen Sand in greller Sonnenbeleuchtung wie auf dem Präsentierteller. Offenen Mundes, in den verschiedensten Stellungen standen sie starr.
»Sieh mal, sieh mal, da!« rief als erster Sejdachmat. »Hirsche! Wo kommen die denn her?«
»Was schreist du so, was machst du für einen Lärm! Von wegen Hirsche, Marale sind's. Wir haben sie schon gestern gesehen«, sagte Oroskul geringschätzig. »Woher? Sind eben da.«

»Wie schön, wie schön!« schwärmte der robuste Koketai und knöpfte sich vor Erregung den beengenden Hemdkragen auf. »Wie glatt sie sind«, schwärmte er, »haben sich dick und rund gefressen...«
»Und das Muttertier! Sieh mal, wie es geht«, echote der Fahrer mit großen Augen. »Bei Gott, wie eine zweijährige Stute. Das seh ich zum erstenmal.«
»Und der Bulle! Sieh mal, was der für ein Geweih hat! Wie er das bloß trägt! Und sie haben gar keine Angst. Wo kommen die her, Oroskul?« erkundigte sich Koketai, und seine Schweinsäuglein blitzen begehrlich.
»Aus dem Naturschutzgebiet wahrscheinlich«, entgegnete Oroskul wichtigtuerisch, im Vollgefühl seiner Würde als Herr der Wälder von San-Tasch. »Von der anderen Seite des Passes. Und wenn sie nicht erschreckt werden, haben sie eben keine Angst.«
»Ach, eine Flinte müßte man jetzt haben!« platzte Sejdachmat heraus. »Zwei Zentner Fleisch wird er drauf haben, was?«
Momun, der solange zaghaft beiseite gestanden hatte, konnte sich nicht zurückhalten.
»Wo denkst du hin, Sejdachmat. Die Jagd auf sie ist verboten«, sagte er leise.
Oroskul warf dem Alten einen finsteren Seitenblick zu. Wenn du mir noch einmal den Mund aufmachst! dachte er haßerfüllt.
Er wollte Momun so abkanzeln, daß der nicht mehr muckste, aber er beherrschte sich. Immerhin waren Außenstehende zugegen.
»Auf solche Belehrungen können wir verzichten«, bemerkte er gereizt, ohne Momun anzusehen. »Verboten ist die Jagd da, wo sie vorkommen. Aber bei uns kommen sie nicht vor. Wir sind für sie nicht verantwortlich. Klar?« Drohend sah er den verwirrten Alten an.

»Klar«, erwiderte Momun demütig und ging niedergeschlagen beiseite.
Hier zupfte ihn die Großmutter heimlich am Ärmel. »So schweig doch endlich«, zischte sie vorwurfsvoll.
Alle schlugen etwas beschämt die Augen nieder. Wieder sahen sie den Tieren nach, die sich auf dem steilen Pfad entfernten. Die Marale erstiegen im Gänsemarsch die Steilwand. Vornweg der graubraune Hirschbulle, der stolz sein mächtiges Geweih trug, hinter ihm das hornlose Kalb und am Schluß des Zuges die Gehörnte Hirschmutter. Vor dem Hintergrund einer sauberen lehmigen Verwerfung erschienen die Marale deutlich und graziös. Jede ihrer Bewegungen, jeder Schritt war zu sehen.
»Ach, so was Schönes!« Der Fahrer, ein glotzäugiger junger Bursche, der einen sehr friedlichen Eindruck machte, konnte nicht an sich halten vor Begeisterung. »Schade, daß ich meinen Fotoapparat nicht mithabe, das gäbe ...«
»Schönheit hin, Schönheit her«, unterbrach ihn Oroskul unzufrieden. »Was stehen wir hier herum? Von Schönheit wird man nicht satt. Los, fahr das Auto rückwärts ans Ufer heran, direkt ins Wasser. Und du, Sejdachmat, zieh dir die Schuhe aus«, ordnete er an, berauscht von seiner Macht. »Du auch«, hieß er den Fahrer. »Befestigt das Seil am Baumstamm. Ein bißchen lebhafter. Wir haben noch zu tun.«
Sejdachmat machte sich daran, die Stiefel von den Füßen zu ziehen. Sie waren ihm zu eng.
»Was guckst du, hilf ihm doch.« Die Großmutter gab Momun unbemerkt einen leichten Stoß. »Zieh dir auch die Stiefel aus und geh ins Wasser«, flüsterte sie ihm wütend zu. Großvater Momun stürzte zu Sejdachmat, um ihm die Stiefel von den Füßen zu ziehen, und zog auch die seinen aus. Unterdessen wiesen Oroskul und Koketai das Auto ein.
»Hierher, hierher.«
»Etwas nach links, nach links. So ist's gut.«

»Noch ein bißchen.«
Als die Marale den ungewohnten Lärm des Autos hörten, beschleunigten sie ihre Schritte auf dem Pfad. Beunruhigt zurückblickend, stürmten sie die Steilwand hinauf und verschwanden in den Birken.
»Oh, sie sind weg!« rief Koketai bedauernd, als wär ihm eine Beute entgangen.
»Macht nichts, die entwischen uns nicht!« prahlte Oroskul, seine Gedanken erratend. »Du bleibst zum Abend und bist mein Gast. Gott will es so. Ich werde dich herrlich bewirten.« Lachend klopfte er dem Freund auf die Schulter. Oroskul konnte auch fröhlich sein.
»Na, wenn du es so willst – du bist der Hausherr, ich der Gast«, fügte sich der robuste Koketai und entblößte lächelnd große gelbe Zähne.
Das Auto stand bereits am Ufer, die Hinterräder bis zur Hälfte im Wasser. Tiefer hineinzufahren, wollte der Fahrer nicht riskieren. Jetzt mußte das Seil zum Baumstamm gebracht werden. Wenn es lang genug war, würde es keine besondere Mühe kosten, den Stamm aus der Umklammerung der Unterwassersteine zu befreien.
Das lange schwere Stahlseil mußte durchs Wasser zum Stamm gebracht werden. Der Fahrer zog ungern die Stiefel aus, ängstlich sah er auf das Wasser. Er hatte sich noch nicht endgültig entschieden: Sollte er mit Stiefeln in den Fluß steigen oder sie besser ausziehen? Barfuß wird es wohl besser gehen, dachte er. Das Wasser dringt ja doch in die Schäfte ein. Es geht hier fast bis zur Hüfte. Und dann lauf mal den ganzen Tag in nassen Stiefeln! Aber er stellte sich auch vor, wie kalt das Wasser jetzt sein mochte. Das nutzte Großvater Momun aus.
»Brauchst dir nicht die Stiefel auszuziehen, Söhnchen«, sagte er herbeieilend. »Sejdachmat und ich gehen allein ins Wasser.«

»Nicht nötig, Aksakal«, widersprach der Fahrer verlegen. »Du bist unser Gast, und wir sind von hier, setzt dich ans Steuer«, überredete ihn Großvater Momun.
Als er und Sejdachmat, nachdem sie eine Stange durch die Seiltrommel gesteckt hatten, das Seil durch das Wasser zogen, schrie Sejdachmat wie am Spieß: »Au, au, das ist ja Eis und kein Wasser!«
Oroskul und Koketai lachten herablassend und ermunterten ihn: »Halte aus, halte aus! Wir werden dich schon wieder aufwärmen!«
Großvater Momun gab keinen Laut von sich. Er spürte die eisige Kälte gar nicht. Den Kopf einziehend, um weniger aufzufallen, stapfte er über die glitschigen Unterwassersteine und bat Gott nur um das eine – daß Oroskul ihn nicht zurückrief, ihn nicht wegjagte, ihn nicht vor den Leuten beschimpfte und ihm verzieh, dem dummen, unglücklichen alten Mann ...
Oroskul sagte nichts. Er schien den Eifer Momuns, den er nicht als Menschen ansah, nicht zu bemerken. Innerlich aber triumphierte er, weil er den meuternden Alten doch noch kleingekriegt hatte. Boshaft lachte er im stillen. Ist angekrochen und mir zu Füßen gefallen. Ach, schade, daß ich nicht mehr Macht habe, ich würde noch ganz andere kirre kriegen, noch ganz andere im Staub kriechen lassen. Man brauchte mir bloß einen Kolchos oder Sowchos zu geben. Ich würde schon Ordnung schaffen. Die haben das Volk verzogen. Jetzt beklagen sie sich schon: Der Vorsitzende, heißt es, wird nicht geachtet, der Direktor wird nicht geachtet. Irgendein Schafhirt spricht mit seinem Vorgesetzten wie mit seinesgleichen. Dummköpfe, nicht wert, Macht zu besitzen! Kann man so mit ihnen umgehen? Es gab eine Zeit, da flogen die Köpfe, und keiner sagte einen Ton. Das war eine Zeit! Und jetzt! Dem Nichtswürdigsten der Nichtwürdigen fällt es plötzlich ein, sich zu widersetzen. Na, kriech du nur immer,

kriech, dachte Oroskul schadenfroh und blickte bisweilen zum alten Momun hin.
Dieser schleppte sich zusammengekrümmt durch das eisige Wasser, zog mit Sejdachmat das Seil und war zufrieden, daß Oroskul ihm anscheinend verziehen hatte. Verzeih mir altem Mann schon, daß es so gekommen ist, bat er in Gedanken Oroskul. Ich konnte gestern nicht anders. Bin zum Enkel in die Schule geritten. Er ist doch so einsam, und da tut er mir leid. Heut ist er überhaupt nicht in die Schule gegangen. Er ist krank. Vergiß und verzeih. Du bist für mich doch auch kein Fremder. Denkst du, ich will nicht dein Glück und das deiner Frau, meiner Tochter? Wenn Gott es wollte, wenn ich ein Neugeborenes deiner Frau, meiner Tochter, schreien hörte, ich würde nicht von der Stelle weichen, dann könnte Gott meine Seele sogleich zu sich nehmen. Ich schwöre, daß ich vor Glück weinen würde. Kränke nur nicht meine Tochter, verzeih mir. Und arbeiten werde ich, solange ich mich auf den Beinen halten kann. Ich werde alles tun. Alles werde ich machen. Du brauchst es mir nur zu sagen...
Die Großmutter stand abseits am Ufer und sagte mit Gesten und mit ihrer ganzen Haltung: Gib dir Mühe, Alter! Siehst du, er hat dir verziehen. Tu, was ich dir sage, und alles wird wieder gut.

Der Junge schlief. Nur einmal erwachte er, als irgendwo ein Schuß krachte. Dann schlief er wieder ein. Von der gestrigen Schlaflosigkeit und Krankheit entkräftet, hatte er heute einen tiefen und ruhigen Schlaf. Und im Schlaf fühlte er, wie angenehm es ist, bequem ausgestreckt im Bett zu liegen, ohne Fieber oder Schüttelfrost. Er hätte wohl sehr lange geschlafen, wenn nicht die Großmutter und Tante Bekej ihn gestört hätten. Sie bemühten sich, halblaut zu sprechen, aber ihr Geschirrklappern weckte den Jungen auf.
»Halt mir die große Schale. Und nimm die Schüssel«, flü-

sterte die Großmutter lebhaft im vorderen Zimmer. »Ich trag den Eimer und das Sieb. Au, mein Kreuz! Ich bin ganz erschöpft. Das war ein Haufen Arbeit. Aber Gott sei Dank, ich bin ja so froh.«

»O ja, Eneke, ich bin auch froh. Gestern wollte ich sterben. Wenn Guldshamal nicht gewesen wäre, hätte ich Hand an mich gelegt.«

»Unsinn«, brummte die Großmutter. »Hast du den Pfeffer? Gehn wir. Gott selbst hat seine Gabe zu eurer Versöhnung gesandt. Los, gehn wir.«

Beim Verlassen des Hauses, schon von der Schwelle her, fragte Tante Bekej die Großmutter nach dem Jungen.

»Schläft er noch immer?«

»Soll er vorläufig noch schlafen«, entgegnete die Großmutter. »Wenn wir fertig sind, bringen wir ihm heiße Schurpa.«

Der Junge schlief nicht wieder ein. Vom Hof waren Schritte und Stimmen zu hören. Tante Bekej lachte, Guldshamal und die Großmutter antworteten ihr mit Lachen. Auch unbekannte Stimmen drangen zu ihm. Das sind wohl die Leute, die in der Nacht gekommen sind, dachte der Junge. Also sind sie noch nicht weggefahren. Nur Großvater Momun war nicht zu hören und zu sehen. Wo war er? Was machte er wohl?

Der Junge horchte auf die Stimmen von draußen und wartete auf den Großvater. Er wollte so gern mit ihm über die Marale sprechen, die er gestern gesehen hatte. Bald ist Winter. Da müssen wir ihnen etwas Heu im Wald lassen, damit sie zu fressen haben. Wir müssen sie so zähmen, daß sie gar keine Angst vor den Menschen haben und durch den Fluß auf unseren Hof kommen. Und hier müssen wir ihnen etwas geben, was sie am liebsten fressen. Was mögen sie wohl am liebsten? Das Maralkalb müßten wir so dressieren, daß es uns immer hinterherläuft. Das wär fein. Vielleicht würde es mit mir in die Schule gehen?

Der Junge wartete auf den Großvater, aber der kam nicht. Dafür stellte sich Sejdachmat ein. Er war in strahlender Laune, schwankte ein wenig und lächelte vor sich hin. Und als er näher kam, schlug dem Jungen Alkoholgeruch entgegen. Der Junge mochte ihn gar nicht, diesen üblen, scharfen Geruch, der an Oroskuls Despotismus und an Großvaters und Tante Bekejs Leiden erinnerte. Aber wenn Sejdachmat betrunken war, wurde er zum Unterschied von Oroskul gutmütig, lustig und harmlos einfältig, wenngleich er sich auch in nüchternem Zustand nicht eben durch Geist hervortat. Zwischen ihm und dem Großvater entspann sich in solchen Fällen etwa folgendes Gespräch:

»Was grinst du so dumm, Sejdachmat? Hast dich vollaufen lassen?«

»Aksakal, ich liebe dich ja so sehr. Ehrenwort, Aksakal, wie den leiblichen Vater.«

»Ach, in deinen Jahren... Andere fahren Autos, und du kannst nicht mal deine Zunge beherrschen. Wenn ich in deinen Jahren wär, würde ich wenigstens auf dem Traktor sitzen.«

»Aksakal, in der Armee hat mir der Kommandeur gesagt, daß ich dafür nicht tauge. Aber ich war bei der Infanterie, Aksakal, und ohne die Infanterie geht es nicht...«

»Infanterie! Ein Faulenzer bist du und kein Infanterist. Und eine Frau hast du... Gott hat keine Augen. Hundert von deiner Sorte sind nicht eine Guldshamal wert.«

»Deshalb sind wir ja auch hier, Aksakal, ich allein und sie allein.«

»Was soll man mit dir noch weiter reden... Bist gesund wie ein Stier, aber dein Verstand...« Großvater Momun winkte hoffnungslos ab.

»Muuh«, muhte und lachte Sejdachmal hinter ihm her.

Und dann blieb er mitten im Hof stehen und sang ein seltsames, irgendwo aufgeschnapptes Lied:

Von den roten, roten Bergen
ritt ich auf einem roten Pferd.
He, rothaariger Kaufmann, öffne mir,
wir trinken zusammen roten Wein.

Von den braunen, braunen Bergen
ritt ich auf einem braunen Stier.
He, braunhaariger Kaufmann, öffne mir,
wir trinken zusammen braunen Wein.

So konnte es endlos weitergehen, denn er ritt von den Bergen auf einem Kamel, einem Hahn, einer Maus, einer Schildkröte und auf allem, was sich fortbewegen kann. Der betrunkene Sejdachmat gefiel dem Jungen sogar besser als der nüchterne. Deshalb lächelte der Junge dem Angetrunkenen jetzt freundlich zu.

»Nanu!« rief Sejdachmat erstaunt. »Ich denke, du bist krank? Du bist ja gar nicht krank. Warum läufst du nicht auf dem Hof herum? So geht das nicht.« Er ließ sich zu ihm aufs Bett plumpsen und hauchte ihn mit seinem Schnapsatem an. Einen Geruch nach rohem Frischfleisch verbreitend, der von seinen Händen und seiner Kleidung ausging, begann er den Jungen zu betatschen und zu küssen. Seine Wangen, mit rauhen Bartstoppeln bewachsen, brannten dem Jungen im Gesicht.

»Nun aber genug, Onkel Sejdachmat«, bat der Junge. »Wo ist denn der Großvater, hast du ihn nicht gesehen?«

»Dein Großvater ist draußen. Wir haben den Dings«, Sejdachmat machte mit den Händen kreisförmige Bewegungen, »diesen ... Baumstamm aus dem Wasser gezogen. Na, und dann haben wir zum Aufwärmen was getrunken. Jetzt kocht er dieses Fleisch. Steh auf, du. Los, zieh dich an und komm mit. Wie ist das möglich! Das ist nicht richtig. Wir sind alle dort, und du bist allein hier.«

»Großvater hat gesagt, ich soll nicht aufstehen«, sagte der Junge.
»Ach, hör auf, gar nichts hat er gesagt. Komm zuschauen. Das gibt es nicht jeden Tag. Heute ist ein Festessen. Heut leben wir wie die Made im Speck! Steh auf!«
Mit der Ungeschicktheit eines Betrunkenen wollte er den Jungen anziehen.
»Ich mach das schon selbst«, sträubte sich der Junge, er hatte dumpfe Schwindelanfälle.
Aber der betrunkene Sejdachmat hörte nicht auf ihn. Er glaubte Gutes zu tun, weil man den Jungen allein zu Hause gelassen hatte, wo doch heute ein Tag war, an dem man wie die Made im Speck lebte...
Taumelnd verließ der Junge mit Sejdachmat das Haus. Das Wetter war an diesem Tag im Gebirge windig und teils heiter, teils wolkig. Die Wolken zogen schnell über den Himmel. Während der Junge durch die Veranda ging, schlug das Wetter zweimal jäh um – der unerträglich grelle Sonnentag verwandelte sich in unangenehme Finsternis. Der Junge spürte, wie ihm davon der Kopf weh tat. Der von einem Windstoß herangetriebene Rauch eines Feuers trieb ihm ins Gesicht und biß in die Augen. Sie waschen wohl, dachte der Junge, weil gewöhnlich am Tage der großen Wäsche auf dem Hof ein Feuer brannte, auf dem das Wasser für alle drei Häuser in einem riesigen schwarzen Kessel erhitzt wurde. Einer allein konnte diesen Kessel nicht heben. Tante Bekej und Guldshamal hoben ihn zu zweit.
Der Junge freute sich immer über die große Wäsche. Da war erstens der offene Herd – er konnte mit dem Feuer spielen, anders als im Haus. Zweitens machte es Spaß, wenn die Wäsche aufgehängt wurde. Die weißen, blauen und roten Wäschestücke auf der Leine schmückten den Hof. Gern schlich der Junge an die Wäsche heran und berührte mit der Wange das feuchte Gewebe.

Diesmal hing keine Wäsche auf dem Hof. Aber unter dem Kessel brannte ein starkes Feuer – dichter Dampf quoll aus dem siedenden Kessel, der bis zum Rand mit großen Fleischstücken angefüllt war. Das Fleisch war schon gar: Der Fleischduft und der Qualm kitzelten die Nase und ließen das Wasser im Mund zusammenlaufen. Tante Bekej, die ein neues rotes Kleid, neue Chromlederstiefel und ein buntgemustertes Tuch trug, das ihr auf die Schulter gerutscht war, beugte sich über den Kessel und schöpfte mit einer Kelle den Schaum ab, und Großvater Momun kniete neben ihr und schürte die brennenden Holzscheite im Herd.
»Da ist er, dein Großvater«, sagte Sejdachmat zu dem Jungen. »Geh hin.«
Er wollte gerade singen:

Von den roten, roten Bergen
ritt ich auf einem roten Pferd,

als Oroskul mit rasiertem Kopf, einem Beil in der Hand und aufgekrempelten Hemdsärmeln aus dem Schuppen schaute.
»Wo bleibst du denn?« schrie er Sejdachmat drohend an. »Unser Gast hackt Holz«, er wies mit dem Kopf auf den Fahrer, »und du singst hier Lieder.«
»Na, das werden wir gleich haben«, beruhigte ihn Sejdachmat und verfügte sich zum Fahrer. »Laß mal, Bruder, ich mach das.«
Der Junge näherte sich dem Großvater, der neben dem Herd kniete. Er trat von hinten an ihn heran.
»Ata«, sagte er.
Der Großvater hörte nicht.
»Ata«, wiederholte der Junge und berührte den Großvater an der Schulter.
Da drehte der Alte sich um, und der Junge erkannte ihn nicht wieder. Der Großvater war ebenfalls betrunken. Der

Junge konnte sich nicht erinnern, den Großvater je auch nur angetrunken gesehen zu haben. Wenn das vorkam, dann bei den Totenfeiern zu Ehren der Alten vom Issyk-Kul, bei denen alle, sogar die Frauen, mit Wodka bewirtet wurden. Aber daß er einfach so trank, das war noch nie dagewesen. Der Alte sah den Jungen mit einem fernen, seltsamen, wilden Blick an. Sein Gesicht war erhitzt und rot, und als er den Enkel erkannte, wurde es flammendrot und erbleichte dann. Hastig sprang der Großvater auf.

»Was willst du?« fragte er dumpf und drückte den Enkel an sich. »Was willst du? Was?« Außer diesen Worten konnte er nichts herausbringen, als habe er die Sprache verloren. Seine Erregung übertrug sich auf den Jungen.

»Bist du krank, Ata?« fragte er beunruhigt.

»Nein, nein. Bloß so«, murmelte Großvater Momun. »Geh, lauf mal ein bißchen herum. Ich werde hier das Holz, dieses ...«

Er stieß den Enkel fast von sich und wandte sich wieder dem Herd zu, als wolle er der ganzen Welt den Rücken kehren. Er kniete sich hin, blickte nicht nach links und nicht nach rechts und war nur mit sich selbst und mit dem Feuer beschäftigt. Er sah nicht, wie sein Enkel verstört umhertappte und über den Hof zu Sejdachmat ging, der Holz hackte.

Der Junge verstand nicht, was mit dem Großvater geschehen war und was sich auf dem Hof tat. Und erst als er zum Schuppen ging, sah er einen großen Haufen Frischfleisch auf einem mit den Haaren nach unten ausgebreiteten Fell aufgetürmt. Von den Rändern des Fells sickerte noch Blut in blassen Rinnsalen. In einiger Entfernung, dort, wo die Abfälle hingeworfen wurden, verschlang der Hund knurrend Eingeweide. Neben dem Fleischhaufen kauerte wie ein Erdklumpen ein riesiger, dunkelhäutiger Unbekannter. Das war Koketai. Er und Oroskul zerlegten mit Messern Fleisch. Bedächtig warfen sie Knochen mit Fleisch an verschiedene Stellen des ausgebreiteten Fells.

»Das ist ein Vergnügen! Und wie das riecht!« sagte der schwarze, robuste Mann mit tiefem Baß und schnupperte an dem Fleisch.

»Nimm nur, nimm, wirf es auf deinen Haufen«, bot ihm Oroskul freigebig an. »Gott gab es uns aus seiner Herde am Tag deiner Ankunft. Das passiert nicht alle Tage.«

Oroskul schnaufte dabei, stand immer wieder auf, streichelte seinen prallen Bauch, als hätte er zuviel gegessen, und man merkte sofort, daß er schon stark getrunken hatte. Sein wie ein Kuheuter feistes Gesicht glänzte satt und selbstzufrieden.

Der Junge prallte zurück, und es überlief ihn kalt, als er an der Wand des Schuppens einen Maralkopf mit Geweih sah. Der abgeschlagene blutfleckige Kopf lag im Staub wie ein Baumknorren am Wegrand. Neben dem Kopf lagen die vier in den Kniegelenken abgetrennten Beine mit den Hufen.

Mit Entsetzen sah der Junge dieses grauenhafte Bild. Er traute seinen Augen nicht. Vor ihm lag der Kopf der Gehörnten Hirschmutter. Er wollte davonlaufen, doch die Beine versagten ihm den Dienst.

Er stand und blickte auf den verunstalteten toten Kopf der weißen Maralkuh, die noch gestern die Gehörnte Hirschmutter war, die ihn noch gestern gutmütig und aufmerksam angeschaut, mit der er in Gedanken Zwiesprache gehalten und die er beschworen hatte, auf dem Geweih eine Zauberwiege mit Glöckchen zu bringen.

All das war plötzlich zu einem unförmigen Haufen Fleisch, einem abgezogenen Fell, abgeschnittenen Beinen und einem weggeworfenen Kopf geworden.

Er müßte weggehen, aber er stand wie versteinert und konnte nicht begreifen, wie und warum das alles geschehen war. Der schwarze robuste Mann, der das Fleisch zerlegte,

spießte mit dem Messer eine Niere auf und reichte sie ihm. »Da, nimm, Junge, brat sie dir auf Kohlen, schmeckt gut«, sagte er.
Der Junge rührte sich nicht.
»Nimm!« befahl Oroskul.
Der Junge streckte mechanisch die Hand aus und nahm die noch warme, weiche Niere der Gehörnten Hirschmutter in seine kalte Hand. Oroskul hob unterdessen den Kopf der weißen Maralkuh am Geweih hoch.
»Oho, ist der schwer«, er wog ihn in der Hand, »das Geweih allein wiegt sein Teil.«
Er legte den Kopf mit der Seite auf den Hackklotz, nahm die Axt und machte sich daran, das Geweih vom Schädel abzuschlagen.
»Was für ein Geweih!« sagte er und hieb krachend auf die Schädeldecke unter dem Geweih. »Das ist für deinen Großvater.« Er zwinkerte dem Jungen zu. »Wenn er stirbt, pflanzen wir ihm das Geweih aufs Grab. Jetzt soll noch einer sagen, daß wir ihn nicht achten. Woher denn! Für so ein Geweih schon heute zu sterben ist keine Sünde!«
Er lachte und zielte mit der Axt.
Das Geweih gab nicht nach. Es ließ sich nicht so einfach abschlagen. Der betrunkenen Oroskul traf nie die richtige Stelle, und das machte ihn rasend. Der Kopf fiel vom Hackklotz. Da begann Oroskul, ihn auf der Erde zu bearbeiten. Der Kopf sprang zur Seite. Oroskul verfolgte ihn mit der Axt.
Bei jedem Schlag zuckte der Junge zusammen und wich unwillkürlich zurück, aber er fand nicht die Kraft, wegzugehen. Wie in einem Alptraum stand er, von einer unheimlichen und unverständlichen Kraft an den Platz gebannt, und wunderte sich, daß die glasig gewordenen, starr geöffneten Augen der Gehörnten Hirschmutter sich nicht vor dem Beil in acht nahmen. Sie zwinkerten und schlossen sich auch nicht

vor Angst. Der Kopf hatte schon in Schmutz und Staub gelegen, aber die Augen waren rein geblieben, und es schien, als blickten sie noch immer mit der stummen und erstarrten Verwunderung, in der sie der Tod ereilt hatte. Der Junge hatte furchtbare Angst, daß der betrunkene Oroskul die Augen traf.

Aber das Geweih gab nicht nach. Oroskul verlor immer mehr die Beherrschung, wurde immer wütender und schlug, ohne hinzusehen, sowohl mit dem Rücken als auch mit der Schneide der Axt drauflos.

»So zertrümmerst du doch das Geweih. Laß mich mal«, sagte Sejdachmat, hinzutretend.

»Weg da! Ich mach das selbst! Von wegen – du zertrümmerst das Geweih!« gab Oroskul heiser zurück und schwang die Axt.

»Na, wie du willst«, sagte Sejdachmat ausspuckend und ging nach Hause.

Ihm folgte der schwarze, robuste Mann. Er schleppte in einem Beutel seinen Fleischanteil.

Oroskul jedoch bearbeitete hinter dem Schuppen mit dem Starrsinn eines Betrunkenen weiterhin den Kopf der Gehörnten Hirschmutter. Man hätte meinen mögen, daß er eine lang ersehnte Rache nahm.

»Ach, du Aas!« fluchte er schäumend und gab dem toten Kopf einen Fußtritt, als könne der ihn hören. »Das wär ja gelacht!« Wieder und wieder fiel er mit dem Beil über den Kopf her. »Ich höre nicht eher auf, als bis ich dich zertrümmert habe. Da! Und da!« Mit diesen Worten ließ er die Axt auf den Schädel sausen.

Der Schädel krachte und splitterte.

Der Junge schrie auf, als das Beil quer über die Augen traf. Aus der aufgerissenen Augenhöhle ergoß sich eine dunkle, zähe Flüssigkeit. Das Auge erstarb, löste sich auf, wurde leer...

»Ich kann noch ganz andere Köpfe zerschmettern! Ich brech noch ganz anderen die Hörner!« brüllte Oroskul in einem Anfall grimmiger Wut und wilden Hasses auf diesen unschuldigen Kopf.

Schließlich hatte er den Schädel am Scheitel und an der Stirn eingeschlagen. Er warf das Beil hin, packte mit beiden Händen das Geweih, preßte mit dem Fuß den Kopf an die Erde und drehte es mit brutaler Gewalt heraus. Es knarrte wie eine Wurzel, wenn sie ausgerissen wird. Das war das Geweih der Gehörnten Hirschmutter, das auf die inständigen Bitten des Jungen Oroskul und Tante Bekej eine Zauberwiege hatte bringen sollen...

Dem Jungen wurde schlecht. Er drehte sich um, ließ die Niere fallen und ging davon. Er fürchtete sehr, hinzustürzen oder sich vor aller Augen zu übergeben. Bleich, mit kaltem, klebrigem Schweiß auf der Stirn ging er am Herd vorbei, in dem ein irrsinniges Feuer brannte, über dem der heiße Dampf aus dem Kessel wirbelte und bei dem, den Rücken aller Welt und das Gesicht dem Feuer zugekehrt, der unglückliche Großvater Momun saß. Der Junge ließ ihn ungestört. Er wollte sich so schnell wie möglich ins Bett legen und die Decke über den Kopf ziehen, um nichts zu sehen und nichts zu hören. Um zu vergessen.

Tante Bekej kam ihm entgegen. Ungeschickt herausgeputzt, mit den blauroten Spuren von Oroskuls Schlägen im Gesicht, sehr mager und unangebracht fröhlich, rannte sie geschäftig umher, um die Arbeiten für das »große Fleisch« zu besorgen.

»Was ist mit dir?« Sie hielt den Jungen an.

»Mir tut der Kopf weh«, sagte er.

»Ach, du mein lieber Kranker«, sagte sie plötzlich in einer Anwandlung von Zärtlichkeit und bedeckte ihn mit Küssen. Sie war auch betrunken. Auch von ihr ging der widerliche Wodkageruch aus.

»Der Kopf tut ihm weh«, murmelte sie gerührt. »Mein Süßer du. Bestimmt möchtest du was essen?«

»Nein, ich will nicht. Ich möchte mich hinlegen.«

»Na dann komm, gehen wir, ich bring dich bei uns ins Bett. Was sollst du da ganz allein liegen. Alle sind doch bei uns. Die Gäste wie auch die Unsrigen. Und das Fleisch ist schon fertig.« Sie zog ihn mit sich.

Als sie wieder am Herd vorübergingen, kam Oroskul schwitzend und rot wie ein entzündetes Euter hinter dem Schuppen hervor. Er warf das abgeschlagene Maralgeweih siegesbewußt neben den Großvater auf die Erde. Der Alte richtete sich auf.

Ohne ihn anzusehen, hob Oroskul einen Eimer Wasser an die Lippen und trank, sich begießend.

»Jetzt kannst du sterben«, bemerkte er zwischendurch und trank weiter.

Der Junge hörte den Großvater stammeln: »Danke, mein Sohn, danke. Jetzt habe ich keine Angst mehr vor dem Sterben. Warum auch, man ehrt und achtet mich...«

»Ich geh nach Hause«, erklärte der Junge und fühlte Schwäche im Körper.

Tante Bekej gab nicht nach.

»Das ist nichts für dich dort ganz allein.« Fast mit Gewalt führte sie ihn ins Haus und legte ihn auf ein Bett in der Ecke. In Oroskuls Haus war schon alles für das Mahl gekocht, gebraten und angerichtet. All dies hatten die Großmutter und Guldshamal besorgt. Tante Bekej eilte zwischen dem Haus und dem Hof hin und her. In Erwartung des großen Fleisches genossen Oroskul und der schwarze, robuste Koketai, halb auf bunten Decken liegend und Kissen unter den Ellbogen, ein wenig Tee. Sie taten sehr wichtig und fühlten sich wie die Fürsten. Sejdachmat goß ihnen Tee in die Schälchen.

Der Junge lag still in der Ecke, erstarrt, verkrampft. Wieder schüttelte ihn das Fieber. Er wollte aufstehen und weggehen,

doch er fürchtete, daß er sich sofort übergeben mußte, sobald er vom Bett aufstand. Deshalb behielt er krampfhaft den Kloß bei sich, der ihm in der Kehle steckengeblieben war. Er hatte Angst, sich auch nur zu bewegen.
Bald riefen die Frauen Sejdachmat auf den Hof, und dann erschien er mit einem Berg dampfenden Fleisches in einer riesigen Emailleschüssel. Mühsam trug er diese Last und stellte sich vor Oroskul und Koketai hin. Die Frauen trugen nach ihm noch verschiedene Speisen auf.
Alle nahmen ihre Plätze ein und hielten Messer und Teller bereit. Sejdachmat goß Wodka in die Gläser.
»Den Oberbefehl über den Wodka hab ich.« Er wieherte und wies mit dem Kopf auf die Flaschen in der Ecke.
Als letzter kam Großvater Momun. Seltsam, noch kläglicher als sonst sah der Alte heut aus. Er wollte sich irgendwo an der Seite hinsetzen, aber der schwarze, robuste Koketai bat ihn großmütig neben sich.
»Kommen Sie hierher, Aksakal.«
»Danke. Ich bin doch hier zu Hause«, versuchte Großvater Momun abzulehnen.
»Trotzdem, Sie sind der Älteste«, beharrte Koketai und nötigte ihn zwischen sich und Sejdachmat. »Trinken wir auf Ihren großen Erfolg, Aksakal. Sie haben als erster das Wort.«
Großvater Momun räusperte sich unsicher.
»Auf den Frieden in diesem Hause«, sagte er qualvoll. »Wo Frieden herrscht, dort ist auch Glück, meine Kinder.«
»Richtig, richtig!« stimmten alle ein und kippten die Gläser in die Kehle.
»Na und Sie? Nein, so geht das nicht! Sie wünschen dem Schwiegersohn und der Tochter Glück und trinken nicht mit«, warf Koketai dem verlegen gewordenen Großvater Momun vor.
»Na, wenn es um das Glück geht, meinetwegen«, beeilte sich der Alte.

Zum Erstaunen aller leerte er ein fast volles Glas Wodka bis auf den Grund. Betäubt schüttelte er seinen alten Kopf.
»So ist's richtig!«
»Unser Alter ist einmalig!«
»Ein Mordskerl ist euer Alter!«
Alle lachten, alle waren zufrieden und alle lobten den Großvater.
Im Haus wurde es heiß und schwül. Der Junge litt fürchterliche Qualen, ihm war die ganze Zeit übel. Mit geschlossenen Augen lag er da und hörte, wie die betrunkenen Menschen schmatzten, knabberten, schnauften, während sie das Fleisch der Gehörnten Hirschmutter verschlangen, wie sie einander leckere Bissen zuschoben, wie sie mit den beschmierten Gläsern anstießen und die abgenagten Knochen in eine Schale legten.
»Ein Fleisch wie von einem jungen Fohlen!« lobte Koketai und schmatzte mit den Lippen.
»Wie dumm wären wir, in den Bergen zu leben und nicht solches Fleisch zu essen«, sagte Oroskul.
»Richtig, wozu leben wir hier«, pflichtete ihm Sejdachmat bei.
Alle lobten das Fleisch der Gehörnten Hirschmutter, die Großmutter, Tante Bekej, Guldshamal und sogar Großvater Momun. Dem Jungen brachten sie auch Fleisch und andere Speisen. Aber er lehnte ab, und als die Betrunkenen sahen, daß es ihm nicht gut ging, ließen sie ihn in Ruhe.
Der Junge preßte die Zähne zusammen. Er glaubte, den Brechreiz so am besten unterdrücken zu können. Aber noch mehr quälte ihn das Bewußtsein der eigenen Hilflosigkeit, daß er nicht imstande war, etwas gegen diese Menschen zu unternehmen, die die Gehörnte Hirschmutter ermordet hatten. In seinem kindlichen gerechten Zorn, in seiner Verzweiflung ersann der Junge verschiedene Formen der Rache – wie er sie bestrafen und zur Einsicht bringen würde, denn

sie hatten ein furchtbares Verbrechen begangen. Aber ihm fiel nichts Besseres ein, als in Gedanken Kulubek zu Hilfe zu rufen. Ja, ebendenselben Burschen mit der Matrosenjacke, der mit den jungen Fahrern in der Schneesturmnacht gekommen war, um Heu zu holen. Von allen, die der Junge kannte, war er der einzige, der Oroskul bezwingen und ihm die Wahrheit ins Gesicht sagen konnte.

Auf den Ruf des Jungen kommt Kulubek mit dem Lastwagen angerast und springt mit der Maschinenpistole im Anschlag aus dem Fahrerhaus.

»Wo sind sie?«

»Dort!«

Zu zweit rennen sie zu Oroskuls Haus und reißen die Tür auf.

»Keiner rührt sich von der Stelle! Hände hoch!« befiehlt Kulubek drohend von der Schwelle und richtet die Maschinenpistole auf die Prassenden.

Alle stehen verdattert. Jeder erstarrt vor Angst an seinem Platz. Der Bissen bleibt ihnen im Halse stecken. Mit Knochen in den fettigen Händen, mit fettigen Wangen und fettigem Mund, vollgefressen und betrunken, können sie sich nicht rühren.

»Los, steh auf, du Dreckskerl!« Kulubek drückt Oroskul die Maschinenpistole an die Schläfe. Dieser fängt am ganzen Leibe an zu zittern, fällt Kulubek zu Füßen und stottert: »G-gnade, l-laß mich l-leben!«

Aber Kulubek ist unerbittlich.

»Raus, du Dreckskerl! Mit dir ist's jetzt vorbei!« Er versetzt Oroskul einen kräftigen Tritt in den fetten Hintern und zwingt ihn, aufzustehen und das Haus zu verlassen.

Alle Anwesenden gehen eingeschüchtert und schweigsam auf den Hof.

»Stell dich an die Wand!« befiehlt Kulubek. »Weil du die Gehörnte Hirschmutter ermordet und ihr das Geweih abge-

schlagen hast, auf dem sie einst die Wiege brachte, hast du dein Leben verwirkt!«
Oroskul wirft sich in den Staub. Er kriecht am Boden, heult und stöhnt.
»Töte mich nicht, ich habe doch keine Kinder. Ich bin ganz allein auf der Welt. Hab keinen Sohn und keine Tochter...«
Wo sind sein Hochmut und seine Arroganz geblieben? Ein jämmerlicher und nichtswürdiger Feigling ist er nun. So einen mag man nicht einmal töten.
»Laß gut sein, wir werden ihn nicht töten«, sagt der Junge zu Kulubek. »Aber dieser Mensch soll von hier weggehen und nie wieder zurückkehren. Er wird hier nicht gebraucht. Soll er gehen.«
Oroskul steht auf, zieht die Hosen hoch und stiehlt sich davon, wobei er sich nicht umzusehen wagt. So zieht er von dannen – fett, dick, mit hängenden Reithosen. Aber Kulubek hält ihn zurück.
»Warte! Wir haben dir noch ein letztes Wort zu sagen. Du wirst niemals Kinder haben. Du bist ein schlechter und nichtswürdiger Mensch. Niemand liebt dich hier. Dich mag nicht der Wald und nicht der Baum, dich mag nicht einmal ein Grashalm. Du bist ein Faschist. Geh für immer. Und ein bißchen dalli!«
Oroskul rennt, ohne sich umzusehen.
»Dawai! Dawai!« lacht ihm Kulubek schallend hinterher und feuert mit der Maschinenpistole in die Luft, um ihm einen Schreck einzujagen.
Der Junge freut sich und triumphiert.
Als Oroskul verschwunden ist, sagt Kulubek zu allen anderen, die schuldbewußt an der Tür stehen: »Wie konntet ihr nur mit so einem Menschen zusammen leben? Daß ihr euch nicht schämt!«
Der Junge fühlt sich erleichtert. Ein gerechtes Urteil ist gefällt. Er glaubte so sehr an seinen Traum, daß er vergaß, wo

er sich befand und aus welchem Anlaß man sich in Oroskuls Haus betrank.

Eine Lachsalve riß ihn aus seinem seligen Zustand. Er öffnete die Augen und horchte. Großvater Momun war nicht im Zimmer, war wohl hinausgegangen. Die Frauen räumten das Geschirr ab. Sie machten den Tee zum Auftragen fertig. Sejdachmat erzählte laut. Die Sitzenden lachten über seine Worte.

»Na und weiter?«

»Erzähl!«

»Los, erzähl doch noch mal«, bat Oroskul, vor Lachen fast sterbend, »wie hast du ihn dazu gebracht? Wie du ihn eingeschüchtert hast. Ach, ich kann nicht mehr!«

»Das war so.« Sejdachmat wiederholte gern das bereits Erzählte. »Wir ritten also zu den Maralen, sie standen alle drei am Waldrand im Gebüsch. Kaum hatten wir die Pferde an die Bäume gebunden, da faßt mich mein Alter am Arm: ›Wir dürfen die Marale nicht schießen‹, sagt er. ›Wir sind Bugus, Kinder der Gehörnten Hirschmutter!‹ Und er sieht mich an wie ein Kind, beschwört mich mit den Augen. Ich ersticke fast vor Lachen. Aber ich sage ganz ernst: ›Was denn‹, sag ich, ›willst du ins Gefängnis?‹ – ›Nein‹, sagt er. – ›Du weißt doch, daß diese Märchen in den finsteren Zeiten der Beis erfunden wurden, um das arme Volk einzuschüchtern!‹ Da reißt er verblüfft den Mund auf. ›Was soll das heißen?‹ fragt er. – ›Das soll heißen‹, sag ich, ›daß du das Gerede lassen sollst, sonst nehm ich keine Rücksicht auf dein Alter und zeig dich bei der entsprechenden Stelle an.‹«

»Hahaha.« Die Sitzenden brachen einhellig in lautes Lachen aus. Am lautesten lachte Oroskul. Er lachte mit Genuß.

»Na, und dann pirschen wir uns an. Ein anderes Tier hätte längst einen Satz gemacht und wär spurlos verschwunden, aber diese verrückten Marale fliehen nicht, als hätten sie keine Angst vor uns. Na, um so besser, denk ich«, erzählte der betrunkene Sejdachmat prahlerisch. »Ich geh mit der Flinte voran. Der Alte hinterher. Hier fang ich an zu zweifeln. In meinem Leben hab ich noch keinen Spatzen geschossen. Und hier, das ist so eine Sache. Wenn ich nicht treffe, rasen sie durch den Wald davon, und dann such sie einer. Dann hol sie mal ein. Sie wären über den Paß entwischt. Wer hat etwas davon, wenn wir so ein Wild entkommen lassen? Und unser Alter ist ein Jäger, hat seinerzeit einen Bären umgelegt. Ich sag ihm also: ›Hier hast du die Flinte, Alter, schieß.‹ Aber er will auf keinen Fall. ›Schieß du‹, sagt er. Ich erwidere: ›Ich bin doch betrunken‹, sag ich. Und ich torkle, als könnt ich mich nicht auf den Beinen halten. Er hatte ja gesehen, daß ich mit euch eine Flasche trank, als wir den Baumstamm aus dem Fluß hatten. Ich verstelle mich also.«

»Hahaha...«

»›Wenn ich nicht treffe‹, sag ich, ›entwischen die Marale, und ein zweites Mal kommen sie nicht her. Mit leeren Händen dürfen wir nicht zurückkehren. Das weißt du selbst. Sonst sieh zu. Warum hat man uns hierhergeschickt!‹ Er schweigt. Doch die Flinte nimmt er nicht. ›Nun‹, sag ich, ›wie du willst.‹ Ich werf die Flinte weg und tu, als will ich gehen. Er mir hinterher. ›Mir‹, sag ich, ›ist es gleich; wenn Oroskul mich wegjagt, geh ich in den Sowchos arbeiten. Aber wohin willst du im Alter?‹ Er schweigt. Da sing ich so ganz leise, zum Schein:

Von den roten, roten Bergen
ritt ich auf einem roten Pferd.
He, rothaariger Kaufmann, öffne mir...«

»Hahaha...«

»Er glaubte, daß ich wirklich betrunken war, und ging die Flinte holen. Ich kehrte auch um. Während wir uns gestritten hatten, waren unsere Marale ein bißchen weitergezogen.

›Na‹, sag ich, ›paß auf, die laufen uns weg, und dann holst du sie nicht mehr ein. Schieß, bevor sie erschrecken.‹ Der Alte nimmt die Flinte und pirscht sich an. Dabei flüstert er fortwährend wie ein Verrückter: ›Verzeih mir, Gehörnte Hirschmutter, verzeih ...‹ Ich sag ihm jedoch meine Meinung: ›Paß auf‹, sag ich, ›wenn du danebenschießt, dann lauf gleich mit den Maralen mit, immer der Nase nach, dann ist es besser, du gehst gar nicht mehr nach Hause zurück.‹«

»Hahaha ...«

Im Dunst und bei dem Gelächter der Betrunkenen wurde es dem Jungen immer heißer und stickiger, der Kopf zerplatzte ihm fast von dem zunehmenden Schmerz, der darin nicht mehr Platz fand. Ihm war, als versetzte ihm jemand Fußtritte auf den Schädel oder Axtschläge. Es kam ihm so vor, als ziele jemand mit der Axt auf seine Augen, er bewegte den Kopf hin und her, versuchte auszuweichen. Vom Fieber ganz erschöpft, befand er sich plötzlich in dem eiskalten Fluß. Er verwandelte sich in einen Fisch. Schwanz, Rumpf, Flossen waren fischartig, und nur sein Kopf blieb, wie er war, und schmerzte zudem. Er schwamm in einer gemäßigten, dunklen Unterwasserkühle und dachte daran, daß er jetzt immer ein Fisch bleiben und niemals in die Berge zurückkehren würde.

»Ich komme nicht wieder«, sagte er zu sich selbst. »Lieber ein Fisch sein, lieber ein Fisch sein ...«

Und niemand sah den Jungen aus dem Bett klettern und aus dem Haus gehen. Kaum war er um die Ecke gebogen, da mußte er sich übergeben. Sich an der Wand festhaltend, stöhnte und weinte er und murmelte unter Tränen, vom Schluchzen fast erstickend: »Nein, lieber werde ich ein Fisch. Ich schwimme von hier weg. Lieber ein Fisch sein.«

In Oroskuls Haus hinter den Fenstern wieherten und kreischten die Betrunkenen. Dieses rohe Lachen betäubte den Jungen und löste in ihm unerträgliche Schmerzen und

Leiden aus. Ihm kam es so vor, als wär ihm davon schlecht, daß er dieses abscheuliche Lachen hörte. Nachdem er verschnauft hatte, ging er über den Hof. Hier war es öd und leer. Neben dem verloschenen Herd stieß der Junge auf den tödlich betrunkenen Großvater Momun. Der Alte lag im Staub neben dem abgehackten Geweih der Gehörnten Hirschmutter. An dem verstümmelten Maralkopf nagte der Hund. Sonst war niemand weiter da.
Der Junge beugte sich über den Großvater und rüttelte ihn an den Schultern.
»Ata, laß uns nach Hause gehen«, sagte er. »Komm.«
Der Alte antwortete nicht, er hörte nichts, er war nicht imstande, den Kopf zu heben. Was sollte er auch antworten, was sollte er sagen?
»Steh auf, Ata, laß uns nach Hause gehen«, bat der Junge. Wer weiß, ob er mit seinem kindlichen Verstand begriff oder ob ihm gar nicht in den Sinn kam, daß der alte Momun hier zur Sühne für sein Märchen von der Gehörnten Hirschmutter lag, daß er wider seinen Willen das angetastet hatte, was er selbst dem Jungen sein ganzes Leben lang eingegeben – Andenken an die Vorfahren, Gewissen und Vermächtnis, und daß er das um seiner unglücklichen Tochter und um seinet-, des Enkels, willen getan hatte ...
Jetzt lag der Alte wie ein Toter, vom Kummer und von der Schande gefällt, mit dem Gesicht nach unten und reagierte nicht auf die Stimme des Jungen.
Dieser hockte sich neben den Großvater und versuchte, ihn aufzurütteln.
»Ata, heb doch mal den Kopf hoch.« Er war bleich, seine Bewegungen waren schwach, Hände und Lippen zitterten. »Ata, ich bin's. Hörst du?« sagte er. »Mir ist sehr schlecht«, klagte er weinend. »Mir tut der Kopf weh, sehr weh.«
Der Alte stöhnte auf, bewegte sich etwas, konnte aber nicht zu sich kommen.

»Ata, kommt Kulubek?« fragte der Junge plötzlich unter Tränen.

»Sag, kommt Kulubek?« drängte er.

Er zwang den Großvater, sich auf die Seite zu drehen, und fuhr zusammen, als sich ihm das mit Schmutz und Staub besudelte Gesicht des betrunkenen Alten mit dem kläglichen zerzausten Bärtchen zuwandte. In diesem Augenblick erblickte er den von Oroskuls Beil zerstückelten Kopf der weißen Maralkuh.

Entsetzt prallte er zurück, wandte sich vom Großvater ab und sprach: »Ich werde ein Fisch. Hörst du, Ata, ich schwimme weg von hier. Wenn Kulubek kommt, sag ihm, daß ich ein Fisch geworden bin.«

Der Alte antwortete nicht.

Der Junge ging. Stieg zum Fluß hinab. Und trat ins Wasser...

Noch wußte niemand, daß der Junge als Fisch den Fluß hinunterschwamm.

Auf dem Hof ertönte ein betrunkenes Lied:

Von den buckligen, buckligen Bergen
ritt ich auf einem buckligen Kamel.
He, buckliger Kaufmann, öffne mir,
wir trinken zusammen bitteren Wein...

Du bist weggeschwommen. Hast nicht auf Kulubek gewartet. Schade, daß du nicht auf Kulubek gewartet hast. Warum bist du nicht auf der Landstraße davongegangen? Wenn du lange auf der Landstraße gelaufen wärst, hättest du ihn unbedingt getroffen. Du hättest sein Auto schon von weitem erkannt. Du hättest nur die Hand zu heben brauchen, und er hätte sofort angehalten.

»Wo willst du hin?« hätte Kulubek gefragt.

»Zu dir!« hättest du erwidert.

Er hätte dich in sein Fahrerhaus genommen. Und ihr wärt losgefahren. Du und Kulubek. Und vornweg wäre die für niemand sichtbare Gehörnte Hirschmutter gesprengt. Doch du hättest sie gesehen.

Aber du bist weggeschwommen. Hast du gewußt, daß du dich nicht in einen Fisch verwandeln, nicht zum Issyk-Kul schwimmen, nicht den weißen Dampfer sehen und nicht sagen würdest: »Guten Tag, weißer Dampfer, ich bin's!«?

Ich kann jetzt nur eines sagen – du hast verworfen, womit sich dein kindliches Herz nicht abfinden konnte. Und das ist mein Trost. Du hast wie ein Blitz gelebt, der einmal kurz aufgeflammt und dann verloschen ist.

Aber die Blitze werden vom Himmel gezündet. Und der Himmel ist ewig. Auch das ist mein Trost.

Genauso tröstet mich, daß das kindliche Gewissen im Menschen ist wie der Keim im Samenkorn – ohne Keim geht der Samen nicht auf. Was immer uns auf der Welt erwarten mag, die Wahrheit wird ewig bleiben, solange Menschen geboren werden und sterben ...

Zum Abschied wiederhole ich deine Worte, Junge: »Guten Tag, weißer Dampfer, ich bin's!«

WORTERKLÄRUNGEN

Ail	kirgisisches Dorf
Aksakal	ehrerbietige Anrede für einen Älteren oder Vorgesetzten
Assalam aleikum	bei Mohammedanern übliche Begrüßungsformel; wörtlich: Friede mit euch!
Astapralla	Um Gottes willen!
At	Pferd
Ata	Vater, Vorfahr
Bei	Großbauer in Mittelasien
Baibitsche	ehrerbietige Anrede für eine Frau
Beschik	Kinderwiege
Bugu	Hirschkuh; Bezeichnung einer kirgisischen Sippe
Chalat	langer Rock
Dshigit	schneidiger, kühner Reiter
Eneke	Mütterchen
Kumys	gegorene Stutenmilch
Mektep	Schule
Schurpa	orientalische Speise – eine Suppe aus Hammelfleisch und Gemüse, oft mit Reis und Gewürzen
Taka	Hufeisen
Tebetej	mit Lammfell oder Fuchsfell besetzte Mütze

Von Tschingis Aitmatow
erschien im Suhrkamp Verlag

Dshamilja. Erzählung. Aus dem Russischen von Gisela Drohla. Mit einem Vorwort von Louis Aragon: aus dem Französischen von Traugott König. Bibliothek Suhrkamp 315. 128 Seiten

st 441 Stanisław Lem, Die Astronauten
Aus dem Polnischen von Rudolf Pabel
Phantastische Bibliothek Band 16
286 Seiten
»Die Story, 1950 geschrieben, ist in ihrer spannenden Konzeption und mit ihrer nicht sehr leicht durchschaubaren Mischung von Wirklichkeit und dichterischer Phantasie ein richtungweisendes Werk für die Science-fiction geblieben.« *Der Landbote, Winterthur*

st 442 Hans Magnus Enzensberger, Politik und Verbrechen. Neun Beiträge
402 Seiten
»Enzensberger präsentiert seine eigenen Versuche, die Auffassungen von Recht und Rechtsverletzung, von Staat, Herrschaft, Gehorsam und Verrat zu revidieren. Es sind ... materialreiche und klug kommentierende Berichte von grellen Kriminalaffären, historischen Begebenheiten, politischen Verbrechen und großräumigen Gangstereien. Ein gemeinsames Interesse verbindet sie und macht sie zu Lehrstücken von literarischem Gewicht: das Interesse an der Symmetrie legaler und illegaler Handlungen.« *Jürgen Habermas*

st 433 Rein A. Zondergeld (Hrsg.), Phaïcon 3
Almanach der phantastischen Literatur
Phantastische Bibliothek Band 17
248 Seiten
In einer Reihe von Aufsätzen wird eine historisch-theoretische Übersicht über die Entwicklung der phantastischen Literatur im deutschen Sprachraum gegeben. Insbesondere die Romantik und die deutschen Phantasten aus dem ersten Viertel dieses Jahrhunderts werden dabei berücksichtigt.

st 444 Adolf Portmann, Das Tier als soziales Wesen
384 Seiten
In Einzeldarstellungen zeigt das Buch, in »wie hohem Maße alles Tierleben sozial ist«. Persönliches Erleben

und Neigung des Verfassers bestimmen die Auslese, die von der Welt der Libellen zur Sozialwelt der Vögel und ihrer Sing- und Tanzrituale, zu den Fischströmen, Hirschrudeln und Wolfstrupps, zu den Pinguin-Kolonien und dem Sozialleben der australischen Vogelgattung Menura führt. Immer wieder ergeben sich von selbst auch Gesichtspunkte für das Beurteilen des menschlichen Gesellschaftslebens.

st 445 Hermann Broch, Politische Schriften
Kommentierte Werkausgabe Band 11
Herausgegeben von Paul Michael Lützeler
528 Seiten
Die Aufsätze des ersten Teils reichen von Brochs 1919 geschriebener Studie über ein demokratisches Rätesystem bis zu futurologischen Analysen über die Möglichkeiten der Demokratie in der Ära nach dem Zweiten Weltkrieg von 1949. Im zweiten Kapitel geht es um Brochs Friedensvorschläge, wie sie sich darstellen in der »Völkerbund-Resolution« von 1937 und den Konzepten für eine »International Bill of Rights« aus der Nachkriegszeit für die UNO. Brochs scharfsinnige Plädoyers für die unabhängige Kritikerposition des Intellektuellen sind im dritten Abschnitt des Bandes vereinigt.

st 446 Fünf Minuten pro Patient
Eine Studie über die Interaktionen in der ärztlichen Allgemeinpraxis
Herausgegeben von Enid Balint und J. S. Norell
Aus dem Englischen von Käthe Hügel
256 Seiten
»Das Buch ... hat etwas von der Inspiration und von der selbstkritischen Skepsis, der Offenheit für menschliche Probleme wie auch der Einsicht in die Begrenztheit eigener Möglichkeiten, die den guten Arzt heute wie eh und je auszeichnen.« *Walter Bräutigam, FAZ*

st 448 Gert Ueding (Hrsg.), Materialien zu Hans Mayer, »Außenseiter«
218 Seiten
Der Band versucht, der inneren Struktur des Buches »Außenseiter« von Hans Mayer gerecht zu werden. Er

versammelt Texte und Gespräche Hans Mayers, die in Rede und Gegenrede das Problem der Außenseiter auch theoretisch erneut zur Diskussion stellen. Selbst die meisten Rezensionen, von denen die wichtigsten hier dokumentiert werden, können als Bestandteil des Gesprächs verstanden werden, das Mayers großer Essay über die Außenseiter eröffnet hat.

st 449 Herbert Achternbusch, Die Stunde des Todes
Roman
100 Seiten
»Wie dieser Autor aus Querulantentum und Phantasie, eine bayrisch-bäuerische Kindheit im Rücken, Poetisches erschafft, das kann man sich mit seinem Roman unter die Haut lesen.« *Frankfurter Rundschau*

st 451 Ernst Bloch, Spuren
232 Seiten
»Unter Blochs Büchern ist dies, das den Titel »Spuren« trägt, wohl unstreitig sein schönstes. So gesammelt, so absichtslos und unangestrengt hat er vorher und hinterher kaum je wieder geschrieben. Erzählung und Philosophie sind hier eine fast bruchlose Verbindung eingegangen, die Reflexion begnügt sich, die erzählte Anekdote transparent zu machen.«
Jürgen von Kempski, Hessischer Rundfunk

st 452 Peter Handke, Die Stunde der wahren Empfindung
176 Seiten
»Das Glück dieses Buches, das artistische Gelingen kommt aus der Leidenschaft, mit der es die Verschlingungen und Lösungen eines Bewußtseinsprozesses erzählend miterlebt, vom tödlichen Ekel vor der Penetranz der Dinge bis zum überraschenden Jubel über ihr bloßes Vorhandensein.« *Süddeutsche Zeitung*

st 453 Martin Kessel, Herrn Brechers Fiasko
Roman
Mit einem Nachwort des Autors
516 Seiten
Martin Kessel erzählt davon, wie eine Gruppe von Angestellten im hektischen Berlin der 20er Jahre, den Büroalltag, die Normalität der Arbeitswelt und auch ihre

Unterdrückungsvorgänge erlebt. »Wie diese Leute sich vertragen, was sie sich gegenseitig antun, mit welchen Illusionen und Utopien sie abgespeist werden, wie sie inmitten der Funktionalität ihr privates Reservat verfechten und wie schließlich das größere Gemeinwesen einer Stadt, hier ist es Berlin, über sie hinweggeht«, das sind, mit Martin Kessels Worten, aktuell gebliebene Erfahrungen.

st 455 Reinhold Schneider, Der Balkon
Aufzeichnungen eines Müßiggängers in Baden-Baden
Mit einem Nachwort von Pirmin A. Meier
186 Seiten
»Der Müßiggänger ist so einfühlend und empfindungsreich, daß zwischen den Schattenmassen der Historie, den mächtigen Umrissen der Großen, den Höhlungen der Mühe, Kümmernisse und der Armut, den vielen Gräbern, den überstandenen partiellen Weltuntergängen die Landschaft von weitem aufspringt, ein silberner Trost, ein befreiender Atemzug.«
Benno Reifenberg, Die Gegenwart

st 456 Erich Köhler, Hinter den Bergen
Roman
368 Seiten
Das war vor mehr als dreißig Jahren, der Krieg war eben zu Ende gegangen. Hinter den Bergen liegt ein Dorf, das in seiner Weltabgeschiedenheit nach einer eigenen Ordnung im Chaos sucht. Der Wettlauf zwischen Utopie und Wirklichkeit, das ist das Motiv dieses Romans. Ein Erzählwerk voller Weisheit und Humor, aus einer sinnlichen Sprache gemacht und kraftvoll gestaltet.

st 457 Basis. Jahrbuch für deutsche Gegenwartsliteratur
Band 8
Herausgegeben von Reinhold Grimm und Jost Hermand
264 Seiten
Mit Beiträgen von Helmut Kreuzer, Jost Hermand, Peter Uwe Hohendahl, Wolfgang Emmerich, Christine Cosentino u. a.
Ohne methodisch festgelegt zu sein, sucht *Basis* eine Literaturbetrachtung zu fördern, die an der materialistischen Grundlage orientiert ist.

st 459 Stanisław Lem, Sterntagebücher
Mit Zeichnungen des Autors
Aus dem Polnischen von Caesar Rymarowicz
Phantastische Bibliothek Band 20
496 Seiten
Mit dem Erzählungs-Zyklus über die Erlebnisse des Weltraumfahrers Ijon Tichy, eines kosmischen Münchhausens der künftigen Jahrhunderte, ist Lem ein literarisch großer Wurf gelungen. Paradox, einfallsreich, sprühend vor Ideen, hat Lem konventionelle Methoden von Satire und Allegorie übernommen und sie parodistisch gegen die Science-fiction gekehrt. Ins Spiel der freien Phantasie mischen sich jedoch ernste philosophische Spekulation und politische Anspielung.

st 460 Franz Rottensteiner (Hrsg.), Polaris 4
Ein Science-fiction-Almanach
Phantastische Bibliothek Band 21
192 Seiten
Polaris 4 sucht dem Mangel an Information über die Science-fiction des Nachbarn Frankreich abzuhelfen. Die französische SF ist in der Regel mehr abenteuerlich als rational kalkulierend, mit einem Zug zur Mystik und einem vage sentimental gefärbten Lyrizismus. Der Almanach enthält u. a. Texte von J. H. Rosny aîne, Maurice Renard, Ion Hobana, Jean-Pierre Vernier, Gérald Klein, J. P. Andrevon, Pierre Boulle.

st 481 Walter Hinck, Von Heine zu Brecht
Lyrik im Geschichtsprozeß
156 Seiten
Inhalt: Ironie im Zeitgedicht Heines. Exil als Zuflucht der Resignation. Epigonendichtung und Nationalidee. Metamorphosen eines Volkslieds. Alle Macht den Lesern, Zur Lyrik Brechts. Das lyrische Subjekt im geschichtlichen Prozeß oder Der umgewendete Hegel.

st 483 Über Robert Walser, Band 1
st 484 Über Robert Walser, Band 2
Herausgegeben von Katharina Kerr
Band 1: 218 Seiten
Band 2: 488 Seiten
Mit dem Erscheinen der Werkausgabe Robert Walsers

und seiner Briefe ist, verbunden mit einem allgemeinen neuen Interesse an der Literatur des ersten Jahrhundertdrittels, das Interesse am Werk Robert Walsers gestiegen. Von ihm gehen heute Anregungen auf ein breiteres Publikum aus. *Über Robert Walser 1* bringt wichtige Arbeiten der frühen kritischen Walser-Rezeption, *Über Robert Walser 2* neuere, z. T. noch unveröffentlichte Arbeiten aus jüngerer Zeit.

st 485 Hansgerd Schulte (Hrsg.), Spiele und Vorspiele
Spielelemente in Literatur, Wissenschaft und Philosophie
138 Seiten
Pierre Bertaux, der französische Germanist und Hölderlin-Forscher, hat sich während seines vielgestaltigen Lebens auch mit der Funktion des Spieles in Literatur, Wissenschaft und Philosophie befaßt. Er mißt dem Spieltrieb eine ebenso zentrale Funktion für den Menschen und sein Verhalten bei wie etwa Freud dem Sexualtrieb. Bertaux' 70. Geburtstag schien ein reizvoller Anlaß, einige seiner Freunde und namhafte Wissenschaftler um einen Beitrag zu dem Spielthema zu bitten – jeweils aus ihrer Sicht und im Zusammenhang mit den eigenen Forschungsinteressen. Mit Aufsätzen von Hellmut Becker, Walter Höllerer, Robert Jungk, Golo Mann, Hans Mayer, Georg Picht, Peter Wapnewski.

st 487 Christiane Rochefort, Kinder unserer Zeit
Roman
164 Seiten
Ein kleines Mädchen erzählt seine Geschichte. Es wächst auf in einer Kinderreichen-Siedlung am Stadtrand von Paris, in einer uniformen, kleinbürgerlich geregelten, staatlich subventionierten Welt. Es empört sich gegen den dumpfen Schematismus einer Lebensplanung, die nichts anderes kennt als das Denken an einen Standard der Eisschränke und Fernsehapparate in der Atmosphäre des Sozialen Wohnungsbaus, in der Kinder dazu dienen, die Teilhabe am Komfort der Neuzeit zu finanzieren.
»Ein knapp erzähltes Buch, bitter in seiner Anschaulichkeit und Illusionslosigkeit, eine einzige unsentimentale, satirisch gefärbte Anklage – ein Zeichen der Zeit.«
Neue Zürcher Zeitung

Alphabetisches Gesamtverzeichnis der suhrkamp taschenbücher